Mihai

The Legend
of the
Evening Star

&

Selected Poems

Translated by

Adrian George Sahlean

Cover Art by Nicolae Trifu, Atlanta, GA
Book design Valentin Sahleanu, Newton, MA
A Global Arts project. Produced by Global Arts Inc.

I dedicate this volume to all literary translators striving to bring writers to the world stage.

Acknowledgements

My unwavering gratitude to those who have supported my Eminescu translations through the years:

My brother **Valentin**, who designed my debut volume *"The Legend of the Evening Star / Legenda Luceafărului"* (1996), the 2006 volume *"Eminescu – Eternal Longing, Impossible Love,"* as well as the current volume;

Nicu Trifu, creator of the cover art for the 2006 edition and the current volume, **Horia Mihail**, for the inspired musical illustration for the CD accompanying the 2006 edition, and the late **Jeremy Geidt**, of the American Repertory Theater, its narrator;

Terry Montgomery, who directed the Off-Broadway productions of *"The Legend of the Evening Star"* (2005 and 2008), and wrote the Foreword to this volume;

Bill Cross, my partner at Global Arts, who has been supportive like no other of my efforts to promote Eminescu through presentations in the US and Canada;

Ion Caramitru, for his role, when he was Romania's Minister of Culture, in the publication of *"Selected Poems / Poezii Alese"*, the first full volume of my Eminescu translations (2000);

Lastly, to my wife **Roxana** and all the friends who have supported me through the years.

I would also like to express my appreciation to **Horia Barna** at The Romanian Cultural Institute in Bucharest, for organizing my first Eminescu recital in Romania, 2018, and to **Dorian Branea**, Director of the RCI in New York, for his on-going support of my translations.

For more information and updates on the promotion of Eminescu in America, or to contact the translator, look us up online:
www.globalartsnpo.org

Mulțumiri și recunoștință...

Tuturor celor care au susținut de-a lungul anilor traducerile mele eminesciene:

Fratelui meu **Valentin,** care a proiectat volumul de debut *„Legenda Luceafarului / The Legend of the Evening Star"* (1996), volumul din 2006 *„Eminescu – Eternul Dor, Imposibila Iubire",* precum și volumul actual;

Nicu Trifu, creatorul copertei pentru ediția din 2006 și pentru volumul actual; **Horia Mihail,** pentru inspirata ilustrație muzicală la CD-ul care a însoțit ediția din 2006; și regretatul actor **Jeremy Geidt** de la American Repertory Theatre, recitatorul întregului disc;

Terry Montgomery, regizorul producțiilor Off-Broadway *"The Legend of the Evening Star / Legenda Luceafărului"* (2005 și 2008), și autorul Cuvântului Înainte din acest volum;

Bill Cross, partenerul organizației non-profit Global Arts, care a susținut ca nimeni altul eforturile mele de promovare a lui Eminescu prin prezentări în Statele Unite și Canada;

Ion Caramitru, pentru rolul său la publicarea primului volum cu traduceri eminesciene - *„Poezii selectate / Poezii Alese"* (2000) - în perioada când s-a afit la conducerea Ministerului Culturii din România;

Nu în ultimul rând, soției mele **Roxana** și prietenilor și cunoștinelor care m-au încurajat în tot acest timp.

Aș dori deasemenea să aduc mulțumiri lui **Horia Barna** de la Institutul Cultural Român din București, pentru facilitarea primului meu recital Eminescu în România (2018), și lui **Dorian Branea,** directorul ICR-ului New York, pentru permanenta susținere a tălmacirilor mele.

Pentru informații suplimentare și actualizări legate de promovarea lui Eminescu în America, sau pentru contactarea traducătorului, vă rugam sa ne consultați online pe adresa: ***www.globalartsnpo.org***

Table of Contents

Cuprins

Foreword

I was introduced to the work of Mihai Eminescu by a Romanian American colleague who wanted me to direct her in an original dance theater piece. The idea was to use Eminescu's classic poem *Luceafarul,* set to music composed by another Romanian American specifically for this project and performed live on stage.

Having spent a life in the theater as a director and teacher, I was interested in the project, and intrigued that I had not heard of the man referred to as the "national poet" of his country. I wanted to learn more. However, after reading the English translation she provided, I was not impressed: the material was stiff and stilted, hardly readable, with no possibility for interpretation on stage. But I remained interested in the project. Realizing I was hampered by not knowing Romanian, I asked my colleague if other translations were available. She gave me a couple more, and my reaction was the same – the narrative was terribly lacking and would be impossible to stage.

I was ready to turn down the project when she handed me *The Legend of the Evening Star* – Adrian G. Sahlean's translation of Luceafarul. It was hard to believe I was reading the same poem. The lyricism immediately drew me into a masterpiece. Then I looked at other translations by him. Again, I was astounded by the beautiful imagery of

Cuvânt înainte

Primul meu contact cu opera lui Mihai Eminescu a avut loc când o colegă de origine română m-a rugat să pun în scenă o piesă muzical-coreografică originală bazată pe *Luceafărul*, poemul clasic eminescian. Muzica, compusă special pentru proiect de un alt român-american, urma să fie interpretată în direct de către compozitor.

După ani petrecuți în teatru ca regizor și profesor, proiectul îmi părea interesant – eram însă intrigat de faptul că nu știam nimic despre cel considerat în țara sa drept „poetul național". Am vrut deci să aflu mai multe despre el, dar traducerea englezească pe care am primit-o era departe de a-mi crea o impresie favorabilă: materialul era rigid și pompos, greu de citit, imposibil de interpretat pe scenă. Totuși, proiectul mă interesa. Dându-mi seama că obstacolul principal în calea apropierii mele de text era necunoașterea limbii române, am întrebat-o pe colega mea dacă există și alte traduceri. Mi-a mai adus câteva, dar impresia mea nu s-a schimbat: povestea nu se lega în niciun fel – ar fi fost imposibil de pus în scenă.

Eram gata să renunț la proiect când am primit *The Legend of the Evening Star*, traducerea *Luceafărului* făcută de Adrian G. Sahlean. Mi-a fost greu să cred că citesc același poem. Am fost pe loc captivat de lirismul unei adevărate capodopere. Am citit apoi alte traduceri făcute de Adrian,

the poems, and the natural sound of the lines in English.

After reading these translations, I finally understood why Eminescu deserves the high regard in which he is held by his countrymen. He is a major poet that should be widely known. I have long believed that the art of translation is incredibly important and not given its proper value in our world today; the difference between one translation and another can actually affect how we understand another culture. I find it disconcerting that we in America know next to nothing of Romania's great Romantic poet.

I know now that the first translations I had read were not just dry or dull – their primary fault was an inadequate understanding of English as it is heard by a native speaker. I am convinced that no one exposed to Eminescu by such translations would take a second look. However, until this volume, there was never an adequate translation to consider; and a stellar poet has gone unappreciated in the English speaking world.

I went on to direct and co-produce with my newfound Romanian friends two different weekend performances of *Evening Star* off-Broadway in 2005 and 2008. Audiences, while small because they had not heard of Eminescu, were much moved, entranced by the poem as an important parable about human nature and man's place in the universe. The second performance included a mise en scene based on an exchange of love letters with Veronica, Eminescu's lover and muse; it remains among my favorites of any piece I have directed.

fascinat de imagistica poeziilor și de sonoritatea firească a versurilor în enlgeză.

Citind traducerile, am înțeles, în sfârșit, de ce Eminescu are acel loc special printre conaționalii săi. Este un mare poet care trebuie cunoscut pretutindeni. Am avut întotdeauna convingerea că traducerea literară este o artă deosebit de importantă, căreia în prezent nu i se acordă aprecierea cuvenită: diferența între o traducere și alta poate hotărî felul în care înțelegem alte culturi. Sunt consternat că în America nu știm mai nimic despre acest mare poet romantic al României.

Acum îmi dau seama că traducerile pe care le citisem la început nu erau doar seci sau plate – defectul lor cel mai mare îl constituia înțelegerea greșită a modului în care își percepe limba vorbitorul nativ de engleză. Sunt convins că dacă un autor ca Eminescu ar fi prezentat doar prin asemenea traduceri, nimeni n-ar fi curios să afle ce a mai scris. De fapt, până la acest volum nici n-au existat traduceri vrednice de luat în seamă; și astfel, un poet strălucit a rămas complet necunoscut în lumea anglofonă.

Cu noii mei prieteni români, am regizat și co-produs, în 2005 și 2008, două spectacole off-Broadway de week-end cu *Luceafarul/The Evening Star*. Spectatorii, deși mai puțini la număr, pentru că nu auziseră de Eminescu, au fost deosebit de mișcați de acest poem – o impresionantă parabolă despre natura umană și locul omului în univers. În cel de al doilea spectacol am inclus o mise en scene bazată pe un schimb de scrisori de dragoste între

I traveled to Bucharest to learn more about the people, the poet and my friend Adrian. I became intimate with more of Eminescu's works and with Sahlean's translations of him, and I am now a great fan and supporter of both. The world really should know about Eminescu's poetry as shown in these translations.

Terrence Montgomery Christgau

Eminescu și Veronica, iubita și muza lui. Aceasta rămâne una din piesele favorite dintre toate cele pe care le-am regizat.

Am fost și în România, la București, pentru a afla mai multe despre români, despre poet și despre prietenul meu Adrian. Îl cunosc acum bine pe Eminescu și din alte opere traduse de Sahlean, și am devenit un mare admirator și susținător al amândurora. Opera lui Eminescu trebuie neapărat cunoscută prin revelatoarele traduceri din prezentul volum.

Terrence Montgomery Christgau

Translator's Note

Revered and celebrated by Romanians the world over, Mihai Eminescu (1850-1889) is often described as the essence of the Romanian soul. His work encompassed every genre of poetry as well as prose, fiction and journalism, and helped modernize the literary use of the Romanian language. Eminescu is considered Europe's last great Romantic poet, but his legacy transcends the confines of Romanticism, Western traditions in literature and philosophy, and influences from the Far East; blessed with the touch of genius, his synthesis creates a personal world illuminating the life of man, and the cosmos, in archetypal images of universal appeal.

Why, then, is Eminescu largely unknown to the English speaking world? The fault lies almost exclusively with the translations of his work both by Romanians and English speakers. Romanians have always understood the importance of Eminescu's prosody in the original works, but they typically distort normal English syntax to accommodate the chosen rhymes, unwittingly making their translations either unreadable or unpalatable as poetry. The translations by English speakers (who had no knowledge of Romanian and were dependent on others for the literal meaning of the originals), limited themselves to a translation of content, with trivial dictionary

Nota traducătorului

Sărbătorit și venerat în România, precum și de românii din întreaga lume, Mihai Eminescu (1850-1889) este adesea descris drept chintesența sufletului românesc. Cuprinzând întreaga gamă a genurilor poetice, precum și proză, ficțiune și ziaristică, opera sa a adus o contribuție covârșitoare la modernizarea limbii literare române. Eminescu este considerat ultimul mare poet romantic european, dar moștenirea sa literară transcende limitele romantismului, tradițiile literare și filozofice occidentale și influențele Orientului Îndepărtat. Înzestrat cu spirit de geniu, viziunea sa reprezintă o sinteza originală asupra vieții și cosmosului în imagini arhetipale cu farmec universal.

Cum se face atunci că Eminescu este cvasi-necunoscut în lumea anglofonă? Vina revine aproape exclusiv traducerilor în engleză făcute atât de români cât și de vorbitori nativi ai englezei. Traducătorii români au înțeles importanța muzicalității prozodiei din original, dar variantele lor, forțând, de regulă, sintaxa pentru satisfacerea rimei alese, au dus la traduceri greu de citit sau de acceptat drept poezie. Tălmăcirile făcute de nativi – fără cunoașterea limbii române și bazându-se pe intermediari pentru înțelegerea originalului – s-au rezumat la traduceri de conținut, cu echivalențe banale de dicționar, uneori chiar hilare, sortite uitării după câteva schimburi culturale la nivel academic.

equivalences, and were quickly forgotten after a few cultural exchanges at the academic level.

I decided more than twenty five years ago pay homage to the "poet of my heart" with my own meter-and-rhyme translations. I had some success with awards and recognition in Europe but I wanted a close re-reading by an American editor for this volume. Bill Cross – with whom I collaborated on various other projects over the past 15 years – was the obvious choice, since we knew we could work together, and he was familiar with the poems. His reading of my translations was indeed thorough, occasioning give-and-take over specific lines and phrases. I always felt that his suggestions came from a sincere desire to improve the final versions, and I accepted some and rejected others. In the end, the volume is better for our dialogue.

My translations do not attempt to modernize Eminescu's original formulations. Some phrases may have a contemporaneous sound, but this is also the case in the original Romanian. Other locutions are based in the 19th century, but neither vocabulary nor syntax is archaic. I intentionally avoided forms like *doeth*, *thy*, and *did speak*. While such conventions characterize English-speaking Romantic poets, they would not be useful to convey Eminescu's more natural means of expression.

To me, Eminescu's poetry is akin to the music of Mozart or Vivaldi: the sound combinations may seem simple and predictable, but the cumulative effect is a deep serenity that cannot be explained by its components.

M-am hotarât, acum peste douăzeci și cinci de ani, să aduc un omagiu „poetului inimii mele" prin traduceri prozodice proprii. În ciuda premiilor și recunoașterilor europene primite în trecut, am decis ca, pentru volumul de față, să solicit unui editor american o re-citire atentă a materialului. Bill Cross – cu care am colaborat în ultimii 15 ani și la alte proiecte – a fost o alegere evidentă, având în vedere că era familiarizat cu traducerea poemelor și că lucrasem bine împreună. Recitirea traducerilor s-a făcut, într-adevăr, cu mare migală, și a prilejuit numeroase discuții pe marginea anumitor formulări. Am simțit însă tot timpul că sugestiile făcute izvoresc din dorința sinceră de a îmbunătăți textul final. Am acceptat unele, am respins altele – dar în final volumul a avut doar de câștigat în urma dialogului.

Traducerile mele nu au încercat să modernizeze formulările din poeme. Unele par a fi contemporane, dar corespund de fapt originalului din română. Altele sunt inpirate din locuțiunile poeziei secolului al 19-lea, dar nici vocabularul și nici sintaxa nu sunt arhaice. Am evitat în mod intenționat forme de tipul *doeth, thy, thou*, etc., convenții stilistice întâlnite la romanticii englezi, dar nepotrivite pentru a sugera vocabularul eminescian mult mai firesc.

Pentru mine, poezia lui Eminescu se aseamănă muzicii lui Mozart sau Vivaldi: combinațiile sonore sunt aparent simple și previzibile, dar efectul cumulativ are o seninătate adâncă și liniștitoare ce nu se explică prin examinarea componentelor. „Armonia sunetelor dulci" eminesciene a trebuit reinventată în engleză – dar nu oricum, ci așa cum transpunerea pentru chitară clasică a unei suite de Bach

Eminescu's 'concord of sweet sound' had to be reinvented in English in much the same way that a transposition of a Bach cello suite for performance on classical guitar becomes a reflection of the original. By necessity, the new score loses certain possibilities, but it also explores sonorities not possible with the original instrument.

The final test of any poetry, translated or not, is to read it aloud. I kept this in mind throughout the translation process to enhance the experience of Eminescu's sound and cadence for English speakers.

Adrian George Sahlean

pentru violoncel reflectă în mod necesar originalul. Desigur, unele posibilități dispar inevitabil în noua partitură, dar sunt explorate sonorități imposibil de realizat de către instrumentul original.

Testul ultim al oricărei poezii, traduse sau nu, este citirea ei cu voce tare. M-am gandit la acest aspect pe întreg parcursul traducerilor mele, încercând să sugerez vorbitorilor nativi ai englezei eufonia cadenței eminesciene.

Adrian George Sahlean

A Word from the Editor

Although I am the editor for this volume, it feels more like being a first reader who simply kept on reading. Not literally, of course; when we met in 2004, Adrian already had a prize winning volume, with great lines in place and the tone of each poem established, so I was hardly a first reader. Eventually, though, I became the first English speaker to offer constructive, nuts and bolts criticism.

During one reading, I had the thought that this may be the last time a serious Romanian translator tackles Eminescu's masterworks – especially the six pieces mentioned below – because the level achieved in this volume sets the bar so high. Who, I found myself asking, could understand how these formulations work in English and still be motivated to take on the task of reinventing the poems from scratch?

Over time I have tracked down all of the book-length attempts to translate Eminescu's poetry into English, and have read them carefully. There is no exaggeration in stating that they all fail, sometimes spectacularly. Not only do they fail as poetry – being too convoluted and utilizing rhymes either banal or so farfetched as to convey no sense, revealing a tin ear for spoken English – but they often do not present a comprehensible rephrasing of Eminescu's literal meaning. I mean no disrespect to

Nota editorului

Ca editor al acestui volum, m-am simțit mai degrabă ca un prim cititor care pur si simplu și-a continuat neîntrerupt lectura. Nu literalmente, desigur. Pe Adrian l-am cunoscut în 2004, când avea deja în palmares un volum premiat, cu versuri remarcabile și tonalități bine definite pentru fiecare poem. Nu eram, prin urmare, un prim lector. Am devenit însă, pe parcurs, primul cititor englez nativ care să ofere observații constructive amănunțite.

M-am gândit, la un moment dat, în timp ce citeam, că s-ar putea să fie ultima oară când un traducător român serios abordează capodoperele lui Eminescu – în special cele șase poeme menționate mai jos – deoarece calitatea atinsă în acest volum ridică ștacheta la un nivel deosebit de înalt. Cine, m-am întrebat, va crede cu adevărat că poate îmbunătăți tălmăcirile existente, sau va găsi motivația unui efort de ani de zile pentru a reinventa poemele, pornind de la zero?

De-a lungul timpului, am identificat cele mai cunoscute încercări de a-l traduce pe Eminescu în engleză, și le-am citit cu multă atenție. Nu exagerez cu nimic spunând că toate eșuează, uneori chiar spectaculos. Nu numai că eșuează ca poezie – fiind întortocheate, cu rime banale, sau atât de forțate încât își pierd înțelesul, și dovedindu-se incapabile să perceapă sunetul englezei vorbite – dar adesea nu reușesc

the Romanian translators, whose love of the poet is obvious, but their versions are lacking as poetry. The English speakers who made the attempt, frankly, seem to have expended minimal effort to achieve less than adequate results. Perhaps their worst offense is to be listless throughout the poems, when Eminescu's energy is always there.

The singular accomplishment of this volume, beyond literary rhyming and an ear for rhythmic English, is to create a tone appropriate to changing emotional and dramatic contexts. *The Legend of the Evening Star* is a prime example: it utilizes a fixed scheme through 98 stanzas, beginning with seven that move and sound like a fairytale, but quickly transition into something completely different. There are discernable alterations between the sections in overall tone and the specific characters' voices; as well, there is a flow through the variations occurring so naturally that, at some point, the reader should recognize that there is no hint of foreignness; the experience mirrors reading 19th century English-language meter and rhyme poetry – the translator's goal. There are parts of *Glossa* and *First Epistle* that are both social commentary and parody, reaching through time and translation to bring a smile. *Wretched Dionis* can be considered a prose poem, but it truly fits in no literary category that I am aware of; it uses what might be called wry prose to delve into tangential philosophical musings with a deft touch.

Many combinations of line length and rhyme scheme have been adopted to follow Eminescu's lead. *Ode (In Ancient Meter)* – the only blank verse offering – achieves a tone appropriate for likening the poet's tribulations to

nici măcar să reformuleze inteligibil sensul originalului. Nu o spun din lipsă de respect față de traducătorii români – a căror dragoste pentru poet nu poate fi pusă în discuție – dar versiunile lor nu pot fi considerate drept poezie. Iar vorbitorii nativi de engleză, trebuie spus pe șleau, par să fi depus eforturi minime pentru niște traduceri situate sub așteptări.

Reușita specială a prezentului volum, dincolo de rimele literare și sonoritățile cadenței în engleză, este crearea tonului perfect adecvat conținutului emoțional și dramatic. *Luceafărul* este un exemplu de prim rang. Structura prozodică fixă în cele 98 de strofe începe cu șapte strofe ce par începutul unei povesști, dar care devin rapid altceva. Apar diferențe remarcabile între secțiunile poemului privind tonul și vocea diferitelor personaje. În plus, povestea curge atât de natural, încât cititorul, la un moment dat, nu mai are deloc sentimentul că ar veni dintr-o limbă străină, căci pare o lectură de poezie cu rimă și ritm din secolul al 19-lea – de fapt, conform intenției traducătorului. *Glossa* și *Scrisoarea I* conțin fragmente parodice și de critică socială care ne stârnesc zâmbetul, datorită traducerii inspirate, și peste vremuri. *Sărmanul Dionis* nu se încadrează într-un gen literar pe care să-l cunosc – este o proză mai degrabă complicată ce explorează meditații filozofice cu ingeniozitate de maestru.

Traducătorul utilizează numeroase combinații de forme prozodice, cu versuri de lungimi diferite, după modelul originalului. *Odă (în metru antic)* – singura ofertă în vers alb – creează tonul potrivit nu doar prin traducerea unui poem în care Eminescu își aseamănă suferințele cu cele

those of ancient Greek heroes, not just through translating the words but in maintaining the cadence found in poems such as *The Iliad* and in Eminescu's original poem. From the four and five syllable lines of *Stars in the Sky* to the sixteen syllable lines of *First Epistle*, the unique process of the poet is presented in a way that makes sense and sounds right in English.

I am privileged to have had a part in the final version of this volume, and sincerely hope it reaches readers who will revisit favorite poems and recommend them to friends.

William C. Cross

ale eroilor greci din antichitate, ci și prin păstrarea cadenței originalului, care reflectă, la rândul ei, prozodia *Iliadei*. Prin respectarea echivalențelor prozodice pe parcursul întregului volum – de la versurile cu patru sau cinci silabe (*Stelele-n cer*) până la cele cu șaisprezece (*Scisoarea I*), creația unică a lui Eminescu nu numai că devine inteligibilă, ci și sună bine în engleză!

Mă simt privilegiat că am contribuit la versiunea finală a volumului – și sper din suflet că acesta va ajunge la cititori care se vor întoarce, iar și iar, la poemele preferate, recomandându-le și prietenilor lor.

William C. Cross

Ode (In Ancient Meter)

I never thought I would learn how to die, ever.
Forever young, cloaked in my mantle,
My eyes, dreamful, were affixed to the star
    Of solitude.

Then suddenly you rose across my way,
You, my suffering, so painful and sweet –
To its depths I drank your voluptuous,
    Merciless death.

Wretched I burn alive, tortured like Nessus,
Or like Hercules by his harness poisoned –
My fire can't be quenched by all the sweeping
    Waves of the seas.

Woe betide, by my own dream devoured…
Consumed by flames, I wail on a pyre, my own –
Can I ever rise anew, luminous
    Like the Phoenix?

Oh, troubled eyes, from my path now vanish;
Return to my bosom, sad indifference:
So I can die in peace, my own old self
    To me redeem!

(1883)

Odă   (în metru antic)

Nu credeam să-nvăţ a muri vrodată;
Pururi tânăr, înfăşurat în manta-mi,
Ochii mei nălţam visători la steaua
    Singurătăţii.

Când deodată tu răsărişi în cale-mi,
Suferinţă tu, dureros de dulce...
Pân-în fund băui voluptatea morţii
    Ne'ndurătoare.

Jalnic ard de viu chinuit ca Nessus.
Ori ca Hercul înveninat de haina-i;
Focul meu a-l stinge nu pot cu toate
    Apele mării.

De-al meu propriu vis, mistuit mă vaiet,
Pe-al meu propriu rug, mă topesc în flăcări...
Pot să mai re'nviu luminos din el ca
    Pasărea Phoenix?

Piară-mi ochii turburători din cale,
Vino iar în sân, nepăsare tristă;
Ca să pot muri liniştit, pe mine
    Mie redă-mă!

(1883)

Stars in the Sky

Stars in the sky
Of lone existence
Burn in the distance
    Until they die.

After their marks
Sails on ships flutter,
Ocean waves clutter
    Wandering barks –

Forts of wood, free
Floating to splutter
Slow-moving water,
    Deserts of sea.

Autumn birds stray
Over far beaches
And boundless reaches
    Of cloudy way;

Fly to their fall
In race nocturnal –
Passage eternal –
    For that is all.

Blossom of May
Is youth that kindles
Our life that dwindles
    And goes away –

Stelele-n cer

Stelele-n cer
Deasupra mărilor
Ard depărtărilor,
    Până ce pier.

După un semn
Clătind catargele,
Tremură largele
    Vase de lemn;

Nişte cetăţi
Plutind pe marile
Şi mişcătoarele
    Pustietăţi.

Stol de cocori
Apucă-ntinsele
Şi necuprinsele
    Drumuri de nori;

Zboară ce pot
Şi-a lor întrecere,
Vecinică trecere –
    Asta e tot...

Floare de crâng,
Astfel vieţile
Şi tinereţile
    Trec şi se stâng.

For every fate
Spreads fleeting seconds
On wing that beckons
    Quiescent state.

Before I die,
Angel lean under
When in my wonder
    With grief I sigh:

Why waste, alas,
This fragile flower
Of rapid hour
    Given to us?

(Posthumous poem)

Orice noroc
Şi-ntinde-aripele,
Gonit de clipele
    Stării pe loc.

Până nu mor
Pleacă-te, îngere,
La trista-mi plângere
    Plină de-amor.

Nu e păcat
Ca să se lepede
Clipa cea repede
    Ce ni s-a dat?

(Poem postum)

Glossa

Time goes by, time comes along,
All is old and all is new;
What is right and what is wrong
You must think and ask of you;
Have no hope and have no fear,
Rising waves can never hold;
If they urge you, if they cheer,
You remain aloof and cold.

To our sight so much will glisten,
Many sounds will reach our ear –
Who could take the time to listen
And remember all we hear?
Keep aside from idle patter,
Seek yourself, far from the throng,
When with loud and mindless clatter
Time goes by, time comes along.

Nor forget the tongue of reason
Or its even scales depress
When a moment, changing season,
Wears the mask of happiness –
It is born of reason's slumber
And may last a wink as true:
For the one who knows its number
All is old and all is new.

Glossă

Vreme trece, vreme vine,
Toate-s vechi și nouă toate;
Ce e rău și ce e bine
Tu te-ntreabă și socoate;
Nu spera și nu ai teamă,
Ce e val ca valul trece;
De te-ndeamnă, de te cheamă,
Tu rămâi la toate rece.

Multe trec pe dinainte,
În auz ne sună multe,
Cine ține toate minte
Și ar sta să le asculte?...
Tu așează-te deoparte,
Regăsindu-te pe tine,
Când cu zgomote deșarte
Vreme trece, vreme vine.

Nici încline a ei limbă
Recea cumpăn-a gândirii
Înspre clipa ce se schimbă
Pentru masca fericirii,
Ce din moartea ei se naște
Și o clipă ține poate;
Pentru cine o cunoaște
Toate-s vechi și nouă toate.

Be as to a play, spectator,
While the world unfolds before;
You will understand the matter
Should two parts be played or four.
When they cry or tear asunder,
From your seat enjoy along,
And you'll learn from art to wonder
What is right and what is wrong.

Past and future, ever blending,
Are the twin sides of one page:
New start will begin with ending
When you know to learn from age.
All that was or be tomorrow
We have in the present, too –
But what's vain and futile sorrow
You must think and ask of you.

For the living cannot sever
From the means we've always had;
Now, as years ago, and ever,
Men are happy or are sad:
Other masks, same play repeated –
Diff'rent tongues, same words to hear;
Of your dreams so often cheated,
Have no hope and have no fear.

Privitor ca la teatru
Tu în lume să te-nchipui:
Joace unul şi pe patru,
Totuşi tu ghici-vei chipu-i,
Şi de plânge, de se ceartă,
Tu în colţ petreci în tine
Şi-nţelegi din a lor artă
Ce e rău şi ce e bine.

Viitorul şi trecutul
Sunt a filei două feţe,
Vede-n capăt începutul
Cine ştie să le-nveţe;
Tot ce-a fost ori o să fie
În prezent le-avem pe toate,
Dar de-a lor zădărnicie
Te întreabă şi socoate.

Căci aceloraşi mijloace
Se supun câte există,
Şi de mii de ani încoace
Lumea-i veselă şi tristă;
Alte măşti, aceeaşi piesă,
Alte guri, aceeaşi gamă,
Amăgit atât de-adese
Nu spera şi nu ai teamă.

Hope not when the villains cluster,
By success and glory drawn;
Fools with perfect lack of luster
Will outshine Hyperion!
Fear it not, they'll push each other
To rise higher in the fold –
Do not let them call you brother,
Rising waves can never hold.

Sounds of siren songs call steady
Toward golden nets, astray;
Life attracts you into eddies
To change actors in the play.
Steal aside from crowd and bustle,
Do not look, seem not to hear
From your path beyond the hustle,
If they urge you, if they cheer.

If they reach for you, go faster,
Hold your tongue when slanders yell –
Your advice they cannot master,
Don't you know their measure well?
Let them talk and let them chatter,
Let all go past, young and old:
Unattached to man or matter,
You remain aloof and cold.

Nu spera când vezi mişeii
La izbândă făcând punte,
Te-or întrece nătăraii,
De ai fi cu stea în frunte;
Teamă n-ai, căta-vor iarăşi
Între dânşii să se plece,
Nu te prinde lor tovarăş:
Ce e val, ca valul trece.

Cu un cântec de sirenă,
Lumea-ntinde lucii mreje;
Ca să schimbe-actorii-n scenă,
Te momeşte în vârteje;
Tu pe-alături te strecoară,
Nu băga nici chiar de seamă,
Din cărarea ta afară
De te-ndeamnă, de te cheamă.

De te-ating, să feri în laturi,
De hulesc, să taci din gură;
Ce mai vrei cu-a tale sfaturi,
Dacă ştii a lor măsură;
Zică toţi ce vor să zică,
Treacă-n lume cine-o trece;
Ca să nu-ndrăgeşti nimică,
Tu rămâi la toate rece.

You remain aloof and cold
If they urge you, if they cheer;
Rising waves can never hold,
Have no hope and have no fear;
You must think and ask of you
What is right and what is wrong;
All is old and all is new,
Time goes by, time comes along.

(1883)

(Note)

Glossa is a fixed Latin form of lyric verse, generally used for poems of philosophic character, in which each line of the first stanza is developed in subsequent stanzas, which then finish with that line. The last stanza repeats the lines of the first in reverse order.

Tu rămâi la toate rece,
De te-ndeamnă, de te cheamă;
Ce e val, ca valul trece,
Nu spera și nu ai teamă;
Te întreabă și socoate
Ce e rău și ce e bine;
Toate-s vechi și nouă toate:
Vreme trece, vreme vine.

(1883)

(Notă)

Glossa (din latină) este o poezie cu formă lirică fixă folosită de obicei pentru poeme cu caracter filozofic, în care fiecare strofă comentează succesiv câte un vers din prima strofă, versul comentat repetându-se la sfârșitul strofei respective. Ultima strofă reproduce în ordine inversă versurile primei strofe.

With My Thoughts, Images Plenty

With my thoughts, images plenty,
I have blackened many an empty
Page of life with bookish truth
From the very dawn of youth.

My pursuit you should not follow
For I erred with reason hollow,
Reaching in the dark to grope
For life's truth – chimeric hope.

Wanting wisdom, lacking norm,
Fantasy strayed without form,
In odd meter seeking aim:
Thoughts turned dark, the verses lame.

And ideas that beat simple
In my brow, pulse in my temple,
I've dressed, careless with desire,
In too fancy, rich attire.

They resemble – strange hybrid –
An Egyptian pyramid:
In the mountain's stony womb
With old icons in the tomb,

Alleys long and sphinxes solemn,
Pillars, monoliths, and columns
Make you think beyond the gate
The whole country's dead await!

Cu gândiri și cu imagini

Cu gândiri și cu imagini
Înnegrit-am multe pagini:
Ș-ale cărții, ș-ale vieții,
Chiar din zorii tinereții.

Nu urmați gândirei mele:
Căci noianu-i de greșele,
Urmărind prin întuneric
Visul vieții-mi cel himeric.

Neavând învăț și normă,
Fantezia fără formă
Rătăcit-a, vai! cu mersul:
Negru-i gândul, șchiop e viersul.

Și idei, ce altfel împle,
Ard în frunte, bat sub tâmple:
Eu le-am dat îmbrăcăminte
Prea bogată, fără minte.

Ele samănă, hibride,
Egiptenei piramide:
Un mormânt de piatr-în munte
Cu icoanele cărunte,

Și de sfinxuri lungi alee,
Moноliți și propilee,
Fac să crezi că după poartă
Zace-o-ntreagă țară moartă.

You go in, a step you climb,
No idea what you'll find –
And behold: a vault of stone,
One torch, and a king alone…

(Posthumous poem)

Intri nuntru, sui pe treaptă,
Nici nu ştii ce te aşteaptă.
Când acolo! sub o faclă
Doarme-un singur rege-n raclă.

(Poem postum)

To the Star

'Tis such a long way to the star
    Rising above our shore –
It took the light to come this far
    Thousands of years and more.

It may have long died on its way
    Into the distant blue,
And only now appears its ray
    To shine for us as true.

We watch an icon slowly rise
    And climb the canopy –
It lived when yet unknown to eyes:
    We see what ceased to be!

And so it is when yearning love
    Dies in the deepest night:
Extinct, its flame still glows above
    And haunts us with its light.

(1886)

La steaua

La steaua care-a răsărit
    E-o cale-atât de lungă
Că mii de ani i-au trebuit
    Luminii să ne-ajungă.

Poate de mult s-a stins în drum
    În depărtări albastre,
Iar raza ei abia acum
    Luci vederii noastre.

Icoana stelei ce-a murit
    Încet pe cer se suie;
Era pe când nu s-a zărit,
    Azi o vedem, și nu e.

Tot astfel când al nostru dor
    Pieri în noapte-adâncă,
Lumina stinsului amor
    Ne urmăreste încă.

(1886)

Caesar

Everything Has the Nature of a Wave.

Let us imagine Caesar living on a distant world whose rays take a thousand years to reach us. We may also imagine Brutus killing Caesar today, while our telescopes are aimed at that realm, at that star. We wouldn't see the murder now! Only in a thousand years could we see what, on that planet, happens today.

Alternatively, we might imagine people living on heavenly bodies – some closer, others farther away – have their telescopes focused on us as Caesar falls at the hand of Brutus this very day. People on the moon would see it immediately; those farther off – tomorrow; still farther away – the day after tomorrow; while in the depths of the universe they wouldn't see it for a thousand years. The ray that fell on the moribund face would roam the universe, reaching all the heavenly bodies in turn, after millions or millions of millions of years.

Thus, the tragedy of Caesar's death would live forever, yet be seen as new only in different places. Everywhere, the murder is something that isn't – it becomes and grows, fades and is gone, returns again… without end.

(Circa 1866, from unpublished notes, age 16)

Caesar

Toate au natura valului.

Să ne-nchipuim că Cezar ar fi trăit într-o lume îndepărtată de noi, ale cărui raze ajung până la noi după o mie de ani. Să ne închipuim, de asemenea, că Brutus astăzi îl ucide pe Cezar şi noi stăm cu ocheanele îndreptate spre acel pământ, spre acea stea. Acum nu vedem nimic. Abia după o mie de ani vom vedea ceea ce acum, acolo, pe acel pământ, pe acea stea, se întâmplă acum.

Pe de altă parte, să ne-nchipuim că toti oamenii, de pe toate corpurile cereşti, stau cu ocheanele îndreptate spre noi; unii mai aproape, alţii mai departe. Iar Brutus astazi îl ucide de Cezar. Cei de pe Lună vor vedea lucrul acesta acum, cei mai departe, mîni, cei şi mai departe poimîni, iar cei din zările universului, după o mie de ani. Raza care a căzut pe faţa lui murindă, călătoreşte în Univers, şi ajunge pe toate corpurile cereşti, după milioane sau milioane de milioane de ani, pe rând, astfel încât tragedia morţii lui Cezar trăieşte mereu, fără sfîrşit.

Această tragedie e vie, dar pururea într-un spaţiu nou. Pretutindeni este un lucru care nu este, devine, scade, creşte, pleacă, se-ntoarce… şi aşa mai departe.

(Circa 1866; însemnări la vârsta de 16 ani, nepublicate)

Wretched Dionis – *A fragment* –

...likewise, if I close one eye, I see my hand smaller than with both eyes. If I had three eyes, I would see it larger, and the more eyes I had, the larger everything around me would seem. Nevertheless, born with thousands of eyes among colossal creatures, all keeping their proportions in relation to myself, they would seem to me neither larger nor smaller than today. Let us imagine the world shrunk to bullet size, and everything in it analogously reduced; the inhabitants of that world, endowed with our sense organs, would perceive everything the same way and with the same proportions we do. Let us imagine it, caeteris paribus, a thousand times larger – still the same thing: with unchanged proportions, a world a thousandfold larger or a thousandfold smaller would be the same to us. So, when I look at objects with one eye I see them smaller; with two, larger. How large are they in the absolute? Who knows if we are not actually living in a microscopic world, and only the nature of our eyes makes us see it the size we do? It may be that each individual sees things differently and hears things differently, and only language – the naming of the object one sees a certain way and another a different way – unites them in understanding. Language? No. Perhaps each word sounds different to the ears of different people – only the individual, being the same, hears it one way.

And in a space deemed without bound, would not a piece of it, however large or small, be a mere drop against that boundlessness? Likewise, in an eternity without bound, would not a piece of time, however large or

Sărmanul Dionis – *Fragment* –

...şi tot astfel, dacă închid un ochi văd mâna mea mai
mică decât cu amândoi. De aş avea trei ochi aş vedea-o şi
mai mare, şi cu cât mai mulţi ochi aş avea cu atâta lucrurile
toate dimprejurul meu ar părea mai mari. Cu toate astea,
născut cu mii de ochi, în mijlocul unor arătări colosale,
ele toate în raport cu mine, păstrându-şi proporţiunea, nu
mi-ar părea nici mai mari, nici mai mici de cum îmi par azi.
Să ne-nchipuim lumea redusă la dimensiunile unui glonte, şi
toate celea din ea scăzute în analogie, locuitorii acestei lumi,
presupuindu-i dotaţi cu organele noastre, ar pricepe toate
celea absolut în felul şi în proporţiunile în care le pricepem
noi. Să ne-o închipuim, caeteris paribus, înmiit de mare –
acelaşi lucru. Cu proporţiuni neschimbate – o lume înmiit
de mare şi alta înmiit de mică ar fi pentru noi tot atât de
mare. Şi obiectele ce le văd, privite c-un ochi, sunt mai mici;
cu amândoi – mai mari; cât de mari sunt ele absolut? Cine
ştie dacă nu trăim într-o lume microscopică şi numai făptura
ochilor noştri ne face s-o vedem în mărimea în care o vedem?
Cine ştie dacă nu vede fiecare din oameni toate celea într-
alt fel, şi nu aude fiecare sunet într-alt fel – şi numai limba,
numirea într-un fel a unui obiect ce unul îl vede aşa, altul
altfel, îi uneşte în înţelegere. – Limba? – Nu. Poate fiecare
vorbă sună diferit în urechile diferiţilor oameni – numai
individul, acelaşi rămâind, o aude într-un fel.

....Şi, într-un spaţiu închipuit ca fără margini, nu este o
bucată a lui, oricât de mare şi oricât de mică ar fi, numai o
picătură în raport cu nemărginirea? Asemenea, în eternitatea
fără margini nu este orice bucată de timp, oricât de mare

small, be merely one suspended sliver? And here is how: supposing the universe reduced to a drop of dew, and time relations to a drop of time, the centuries in the history of that microscopic world would be mere winks; within those winks people would work as much and think as much as we do in our ages – for them, their ages would be just as long as ours are for us. In what microscopic non-finiteness would the millions of infusoria of those researchers be lost; in what infiniteness of time, the joyous moment; and all that would be just as it is today.

…Indeed, the world is the mere dreaming of our soul. Time and space do not exist – they're only in our soul. Past and future live in it as the forest in the kernel of an acorn; and infinity, alike, as the reflection of the starry sky in a dew droplet. If only we could learn the mystery that would connect ourselves to these two orders of things hidden deep within us – a mystery perhaps known to the Egyptian and Assyrian astrologers – then, descending into the depths of our souls, we would be able to really live in the past and inhabit the world of the stars and of the sun. What a pity the art of necromancy and astrology have been lost – how many mysteries may have been thus revealed!

And if the world's a dream – why could we not coordinate its series of events according to our will? There is no truth to the idea that there is a past: consecutiveness lies in our mind; the causes of phenomena – consecutive for us, the same as ever – exist and work simultaneously. To be able to live in the time of Mircea the Great or Alexander the Kind Hearted [†] – is it absolutely impossible? A mathematical

sau oricât de mică, numai o clipă suspendată? Şi iată cum. Presupuind lumea redusă la un bob de rouă şi raporturile de timp, la o picătură de vreme, secolii din istoria acestei lumi microscopice ar fi clipite, şi în aceste clipite oamenii ar lucra tot atâta şi ar cugeta tot atâta ca în evii noştri – evii lor pentru ei ar fi tot atât de lungi ca pentru noi ai noştri. În ce nefinire microscopică s-ar pierde milioanele de infuzorii ale acelor cercetători, în ce infinire de timp clipa de bucurie – şi toate acestea, toate, ar fi – tot astfel ca şi azi.

...În faptă lumea-i visul sufletului nostru. Nu există nici timp, nici spaţiu – ele sunt numai în sufletul nostru. Trecut şi viitor e în sufletul meu, ca pădurea într-un sâmbure de ghindă, şi infinitul asemenea, ca reflectarea cerului înstelat într-un strop de rouă. Dacă am afla misterul prin care să ne punem în legătură cu aceste două ordini de lucruri care sunt ascunse în noi, mister pe care l-au posedat poate magii egipteni şi asirieni, atuncea în adâncurile sufletului coborându-ne, am putea trăi aievea în trecut şi am putea locui lumea stelelor şi a soarelui. Păcat că ştiinţa necromanţiei şi acea a astrologiei s-au pierdut -cine ştie câte mistere ne-ar fi descoperit în această privinţă!

Dacă lumea este un vis – de ce n-am putea să coordonăm şirul fenomenelor sale cum voim noi? Nu e adevărat că există un trecut – consecutivitatea e în cugetarea noastră – cauzele fenomenelor, consecutive pentru noi, aceleaşi întotdeauna, există şi lucrează simultan. Să trăiesc în vremea lui Mircea cel Mare sau a lui Alexandru cel Bun – este oare absolut imposibil? Un punct matematic se pierde-n nemărginirea dispoziţiunii lui, o clipă de timp în împărţibilitatea sa

point is lost in the boundlessness of its coordinates; a moment in time, in its infinitesimal divisibility, which cannot ever end. Within these atoms of space and time, what infinitude! Oh, if I could also become lost in the infinity of my soul, down to that phase of its emanation called the time of Alexander-the-Kind-Hearted, for instance – and yet...

(1872)

† Mircea cel Batran (Mircea the Great), the Ruling Prince of Wallachia from 1386 to 1418, and Alexander cel Bun (Alexander the Kind Hearted), the Ruling Prince of Moldavia from 1400 to 1432, are legendary figures in Romanian history.

infinitezimală, care nu încetează în veci. În aceste atome de spațiu și timp, cât infinit! Dac-aș putea și eu să mă pierd în infinitatea sufletului meu pân' în acea fază a emanațiunii lui care se numește epoca lui Alexandru cel Bun de exemplu... și cu toate acestea...

(1872)

The Legend of the Evening Star

...Now once upon enchanted time,
   As time has never been,
There lived a princess most divine
   Of royal blood and kin.

Such beauty only Heaven paints!
   She walked in maiden bloom
As Virgin Mary 'mong the saints –
   Among the stars, the moon.

The solemn columns guide her gait
   Through vaulted chambers, far –
Where at the window will await
   The lonely Evening Star.

She watched him rise to his fixed mark
   And beams of light set free
To lead the ever-erring bark
   Upon dark, moving seas.

Each night she watched with growing love
   That kindled sweet desire;
He, long-adoring from above,
   Glowed with a hidden fire.

Her daydreams all now to him dart;
   Head in her hands she rests
As yearning fills her soul and heart,
   And pains her maiden breast.

Legenda Luceafărului

A fost odată ca-n poveşti,
   A fost ca niciodată,
Din rude mari împărăteşti,
   O prea frumoasă fată.

Şi era una la părinţi
   Şi mândră-n toate cele,
Cum e Fecioara între sfinţi
   Şi luna între stele.

Din umbra falnicelor bolţi
   Ea pasul şi-l îndreaptă
Lângă fereastră, unde-n colţ
   Luceafărul aşteaptă.

Privea în zare cum pe mări
   Răsare şi străluce,
Pe mişcătoarele cărări
   Corăbii negre duce.

Îl vede azi, îl vede mâini,
   Astfel dorinţa-i gata;
El iar, privind de săptămâni,
   Îi cade draga fată.

Cum ea pe coate-şi răzima
   Visând ale ei tâmple,
De dorul lui şi inima
   Şi sufletu-i se împle.

And he, oh, how he waits, aglow,
     When dusk long shadows casts,
Above the castle where, below,
     She will appear, at last.

And step by step along the trail
     He follows to her room,
Weaving a scintillating veil
     With his cold sparks bestrewn.

And touches her with light of gold
     When she lies to repose,
Where hands at her white bosom fold,
     Where tender eyelids close;

And from the mirror, bright embrace
     Like snow falls to her feet,
On her closed eyes, in tilted face,
     That pulse with secret beat.

She looked at him and smiled, asleep;
     He quivered in the glass,
For in her dream he followed deep
     To reach her soul, alas!

And in her sleep, sweet pain she sighs,
     Wishing upon the star:
"Climb down to me from lonely skies,
     My night prince from afar!

Şi cât de viu s-aprinde el
    În orişicare sară,
Spre umbra negrului castel
    Când ea o să-i apară.

Şi pas cu pas pe urma ei
    Alunecă-n odaie,
Ţesând cu recile-i scântei
    O mreajă de văpaie.

Şi când în pat se-ntinde drept
    Copila să se culce,
I-atinge mâinile pe piept,
    I-nchide geana dulce;

Şi din oglindă luminiş
    Pe trupu-i se revarsă,
Pe ochii mari, bătând închişi
    Pe faţa ei întoarsă.

Ea îl privea cu un surâs,
    El tremura-n oglindă,
Căci o urma adânc în vis
    De suflet să se prindă.

Iar ea vorbind cu el în somn,
    Oftând din greu suspină:
— O, dulce-al nopţii mele domn,
    De ce nu vii tu? Vină!

Oh, gentle star, glide on a beam
    To be with me tonight –
Come to my room, make true my dream...
    My life fill with your light!"

He quivers at her whisper, still,
    And flares a blazing red,
The sky above with lightning fills,
    Dives to the ocean bed;

And where he falls the waters flow
    In circles large and free,
And a proud youth begins to grow
    From unknown depths of sea.

Now at her window sill he stands,
    Then gently steps aground;
A staff he carries in his hands –
    With stems of reed becrowned;

And he looks princely, finely wrought
    With soft and golden hair;
A purple shroud ties in a knot
    Across his shoulders bare.

Yet his face of translucent dyes
    Is mere shade, ghostly pale –
Handsome and dead, with lively eyes
    That spark with outward wail:

"I leave my high sphere not with ease
    To listen to your plea;
The sky above my father is,
    My mother is the sea.

Cobori în jos, luceafăr blând,
  Alunecând pe-o rază,
Pătrunde-n casă și în gând
  Și viața-mi luminează!

El asculta tremurător,
  Se aprindea mai tare
Și s-arunca fulgerător,
  Se cufunda în mare;

Și apa unde-au fost căzut
  În cercuri se rotește,
Și din adânc necunoscut
  Un mândru tânăr crește.

Ușor el trece ca pe prag
  Pe marginea ferestei
Și ține-n mână un toiag
  Încununat cu trestii.

Părea un tânăr voievod
  Cu păr de aur moale,
Un vânăt giulgi se-ncheie nod
  Pe umerele goale.

Iar umbra feței străvezii
  E albă ca de ceară –
Un mort frumos cu ochii vii
  Ce scânteie-n afară.

— Din sfera mea venii cu greu
  Ca să-ți urmez chemarea,
Iar cerul este tatăl meu
  Și mumă-mea e marea.

To see you close and to be seen
    From heavens I was torn,
And came to earth with my serene
    From waters to be born.

Oh, come along my priceless gem,
    And leave your world with me –
The Evening Star above I am,
    And you my bride shall be!

In coral castles we'll roam free
    For centuries on end,
And all that moves beneath the sea
    Will to your word attend."

"So handsome angel, as you are
    Only in dreams I know –
But to the world that lies afar
    I cannot ever go;

For you speak words of lifeless breeze
    And you are strangely clad;
Under your gaze my eyes would freeze,
    For I'm alive, you're dead!"

A day goes by, and one more still…
    As night will follow day
The Evening Star, at window sill,
    Serenely bears his ray –

For in her dream he still abides
    To fill her mind again;
And yearning for the lord of tides
    Her bosom grips with pain:

Ca în cămara ta să vin,
    Să te privesc de-aproape,
Am coborât cu-al meu senin
    Şi m-am născut din ape.

O, vin'! odorul meu nespus,
    Şi lumea ta o lasă;
Eu sunt luceafărul de sus,
    Iar tu să-mi fii mireasă.

Colo-n palate de mărgean
    Te-oi duce veacuri multe,
Şi toată lumea-n ocean
    De tine o s-asculte.

— O, eşti frumos, cum numa-n vis
    Un înger se arată,
Dară pe calea ce-ai deschis
    N-oi merge niciodată;

Străin la vorbă şi la port,
    Luceşti fără de viaţă,
Căci eu sunt vie, tu eşti mort,
    Şi ochiul tău mă-ngheaţă.

Trecu o zi, trecură trei
    Şi iarăşi, noaptea, vine
Luceafărul deasupra ei
    Cu razele-i senine.

Ea trebui de el în somn
    Aminte să-şi aducă
Şi dor de-al valurilor domn
    De inim-o apucă:

"Oh, gentle star, glide on a beam
    To be with me tonight –
Come to my room, make true my dream...
    My life fill with your light!"

He hears her voice in woeful wait
    And dims with heavy heart;
The skies in circles wide rotate
    From where he rends apart;

The air's alight with crimson gold
    That sets the world ablaze,
And a proud youth begins to mold
    From chaos of deep haze.

A glowing nimbus crowns the youth,
    Whose vines of hair are dun;
And he comes riding on his truth,
    Steeped in the fire of sun;

His arms are covered in black shroud
    And carved in marble stone;
Deep thoughts his pallid face becloud,
    And he looks woebegone.

Yet... his chimeric eyes hold in
    The depths of darkest seas,
Wondrous and large, two passions twin
    Consumed without surcease:

"I come from high sphere not with ease,
    With faith anew to plight –
The sun above my father is,
    My mother is the night;

— Cobori în jos, luceafăr blând,
　　Alunecând pe-o rază,
Pătrunde-n casă şi în gând
　　Şi viaţa-mi luminează!

Cum el din cer o auzi,
　　Se stinse cu durere,
Iar ceru-ncepe a roti
　　În locul unde piere;

În aer rumene văpăi
　　Se-ntind pe lumea-ntreagă,
Şi din a chaosului văi
　　Un mândru chip se-ncheagă;

Pe negre viţele-i de păr
　　Coroana-i arde pare,
Venea plutind în adevăr
　　Scăldat în foc de soare.

Din negru giulgi se desfăşor
　　Marmoreele braţe,
El vine trist şi gânditor
　　Şi palid e la faţă;

Dar ochii mari şi minunaţi
　　Lucesc adânc himeric,
Ca două patimi fără saţ
　　Şi pline de-ntuneric.

— Din sfera mea venii cu greu
　　Ca să te-ascult ş-acuma,
Şi soarele e tatăl meu,
　　Iar noaptea-mi este muma;

Oh, come along, my priceless gem,
    And leave your world with me –
The Evening Star above I am,
    And you my bride shall be!

Let shiny stars as diadem
    Adorn your flaxen hair;
Come to my skies and rise with them,
    You'll be the star most fair."

"So handsome daemon, as you are
    Only in dreams I know –
But to the world that lies afar
    I cannot ever go!

For with your cruel love you make
    Strings in my bosom hurt;
My eyes are heavy and they ache,
    Under your gaze are burnt..."

"But how else to appear at all?
    Can you not comprehend
You are a dying living soul
    While I live with no end?"

"I know not artful words to set,
    Nor how to start or end –
And all you say is clear and yet
    I cannot understand;

But if you want me to be yours
    And for your love to die,
Come, follow me and live on earth,
    And dying be as I."

O, vin', odorul meu nespus,
   Şi lumea ta o lasă;
Eu sunt luceafărul de sus,
   Iar tu să-mi fii mireasă.

O, vin', în părul tău bălai
   S-anin cununi de stele,
Pe-a mele ceruri să răsai
   Mai mândră decât ele.

— O, eşti frumos cum numa-n vis
   Un demon se arată,
Dară pe calea ce-ai deschis
   N-oi merge niciodată!

Mă dor de crudul tău amor
   A pieptului meu coarde,
Şi ochii mari şi grei mă dor,
   Privirea ta mă arde.

— Dar cum ai vrea să mă cobor?
   Au nu-nţelegi tu oare,
Cum că eu sunt nemuritor,
   Şi tu eşti muritoare?

— Nu caut vorbe pe ales,
   Nici ştiu cum aş începe -
Deşi vorbeşti pe înţeles,
   Eu nu te pot pricepe;

Dar dacă vrei cu crezământ
   Să te-ndrăgesc pe tine,
Tu te coboară pe pământ,
   Fii muritor ca mine.

"You want the short day of a kiss
    For my eternity...
And yet, your love I would not miss,
    So true it is to me.

Yes! Out of sin I will be born
    To follow other creed;
If to eternity I'm sworn,
    Let from my oath be freed!"

And he was gone... His sphere he left,
    In love with a mere child;
For days the sky of light bereft,
    His call to follow, wild.

And all this while, young Catalin,
    A cunning palace page
Who goblets brings and wine pours in
    At dinner for his wage,

And follows close the queen at hand,
    The trail of gown to hold –
A stray love child from unknown land,
    But quick of eye and bold,

With youthful cheeks like peonies
    And ruddy as ripe fruit –
Steals close where Catalina is
    And lingers in pursuit.

Oh, look how beautiful she's grown,
    Good Lord, so proud and fair...
Well, Catalin, now hold your own
    And your good fortune dare.

—Tu-mi cei chiar nemurirea mea
   În schimb pe-o sărutare,
Dar voi să ştii asemenea
   Cât te iubesc de tare;

Da, mă voi naşte din păcat,
   Primind o altă lege;
Cu vecinicia sunt legat,
   Ci voi să mă dezlege.

Şi se tot duce... S-a tot dus.
   De dragu-unei copile,
S-a rupt din locul lui de sus,
   Pierind mai multe zile.

În vremea asta Cătălin,
   Viclean copil de casă,
Ce umple cupele cu vin
   Mesenilor la masă,

Un paj ce poartă pas cu pas
   A-mpărătesii rochii,
Băiat din flori şi de pripas,
   Dar îndrăzneţ cu ochii,

Cu obrăjei ca doi bujori
   De rumeni, bată-i vina,
Se furişează pânditor
   Privind la Cătălina.

Dar ce frumoasă se făcu
   Şi mândră, arz-o focul;
Ei, Cătălin, acu-i acu
   Ca să-ţi încerci norocul.

Then casual, in corner lone,
      He takes her by the waist.
"What's it you want? Leave me alone,
      Go 'way, your time you waste."

"What's it I want? That you won't live
      With thoughts that laughter shun,
And that you smile – or better, give
      A tender kiss, just one."

"I know not what you mean! For love,
      Go 'way and stay apart –
Oh, for the Evening Star above
      Again I'm sick at heart."

"If you know not, I'd gladly teach
      The lovers' secret kiss…
Now hold your ire, I beseech,
      And listen kind to this:

Gently, as hunters set their trap,
      A bird to catch and hold –
Your arms around my shoulders wrap,
      My hands your waist enfold;

And let my eyes drink full your charm,
      Linger into their gaze…
When I lift from beneath your arm,
      Your heels on tiptoe raise;

And lean your face upon my breast
      When I turn down my brow;
With lust unquenched let our eyes rest
      Sweet all our life, as now;

Şi-n treacăt o cuprinse lin
    Într-un ungher degrabă.
— Da' ce vrei, mări Cătălin?
    Ia du-t' de-ţi vezi de treabă.

— Ce voi? Aş vrea să nu mai stai
    Pe gânduri totdeauna,
Să râzi mai bine şi să-mi dai
    O gură, numai una.

— Dar nici nu ştiu măcar ce-mi ceri,
    Dă-mi pace, fugi departe -
O, de luceafărul din cer
    M-a prins un dor de moarte.

— Dacă nu ştii, ţi-aş arăta
    Din bob în bob amorul,
Ci numai nu te mânia,
    Ci stai cu binişorul.

Cum vânătoru-ntinde-n crâng
    La păsărele laţul,
Când ţi-oi întinde braţul stâng
    Să mă cuprinzi cu braţul;

Şi ochii tăi nemişcători
    Sub ochii mei rămâie...
De te înalţ de subsuori
    Te-nalţă din călcâie;

Când faţa mea se pleacă-n jos,
    În sus rămâi cu faţa,
Să ne privim nesăţios
    Şi dulce toată viaţa;

And so that you know love complete
     And nothing be amiss,
When I reach for your lips to meet,
     My lips seal with a kiss."

She lists in wonder to the boy,
     Rapt in her tender thought;
So shy and blushing, lovely, coy,
     She'd run… yet she would not!

And soft: "How could one ever tell,
     You rascal swift of tongue;
I knew together we'd match well
     Ever since we were young;

But of forgotten quietude
     A lonely star was crowned
That brings to seas of solitude
     Horizons without bound;

And secret tears my eyes prevail –
     With eyelids closed I weep
When toward the star the waves set sail
     In slow, wayfaring sweep.

He glows above with love untold
     To ease my bosom pain –
But soars yet higher to behold,
     So I could never gain;

With rays of cold, from worlds apart,
     The distance he would breach…
Forever he'll be in my heart,
     Forever out of reach.

Şi ca să-ţi fie pe deplin
   Iubirea cunoscută,
Când sărutându-te mă-nclin,
   Tu iarăşi mă sărută.

Ea-l asculta pe copilaş
   Uimită şi distrasă,
Şi ruşinos şi drăgălaş,
   Mai nu vrea, mai se lasă,

Şi-i zice-ncet: - Încă de mic
   Te cunoşteam pe tine,
Şi guraliv şi de nimic,
   Te-ai potrivi cu mine...

Dar un luceafăr, răsărit
   Din liniştea uitării,
Dă orizon nemărginit
   Singurătăţii mării;

Şi tainic genele le plec,
   Căci mi le umple plânsul
Când ale apei valuri trec
   Călătorind spre dânsul;

Luceşte c-un amor nespus,
   Durerea să-mi alunge,
Dar se înalţă tot mai sus,
   Ca să nu-l pot ajunge.

Pătrunde trist cu raze reci
   Din lumea ce-l desparte...
În veci îl voi iubi şi-n veci
   Va rămânea departe...

And so at day in thought I dwell,
  Lonely as waste of land,
While nights fill with a sacred spell
  I cannot understand."

"You're such a child, a dearest child...
  Let's leave the world behind
And lose our traces in the wild –
  No one our name will find!

How well and merry we will be,
  And safe from all so far;
Parents will wane from memory
  And night dreams of a star."

So left the Evening Star. His wings
  Grew large across the sky
As thousand years of reach would spring
  And at a wink go by;

A canopy of stars, below;
  Above, a starry dome –
An endless lightning seemed to flow
  And through the heavens roam;

And in the dark that swirled around,
  As on the first day's morn
He glimpsed the chaos veils unbound
  From where the light is born.

He flies aswim through seas of light
  With love on wings of thought –
Until all perishes from sight,
  Until all turns to naught...

De-aceea zilele îmi sunt
    Pustii ca niște stepe,
Dar nopțile-s de-un farmec sfânt
    Ce nu-l mai pot pricepe.

— Tu ești copilă, asta e...
    Hai ș-om fugi în lume,
Doar ni s-or pierde urmele
    Și nu ne-or ști de nume,

Căci amândoi vom fi cuminți,
    Vom fi voioși și teferi,
Vei pierde dorul de părinți
    Și visul de luceferi.

Porni luceafărul. Creșteau
    În cer a lui aripe,
Și căi de mii de ani treceau
    În tot atâtea clipe.

Un cer de stele dedesubt,
    Deasupra-i cer de stele -
Părea un fulger ne'ntrerupt
    Rătăcitor prin ele.

Și din a chaosului văi,
    Jur împrejur de sine,
Vedea, ca-n ziua cea dentâi,
    Cum izvorau lumine;

Cum izvorând îl înconjor
    Ca niște mări, de-a-notul...
El zboară, gând purtat de dor,
    Pân' piere totul, totul;

He goes where there's no bound or bourn,
    Nor is there eye to know –
As time itself from voids uptorn
    Struggles in vain to grow;

For there is naught... yet it is there,
    A thirst that draws him on,
A depth that lingers like the snare
    Of blind oblivion...

"Father, from dark eternity
    My burden now reverse –
And your name ever hallowed be
    In all the universe!

Ask me, Lord, anything, but give
    Me fate of different breath –
For you're the spring of lives to live,
    And giver are of death;

Immortal nimbus overturn,
    From eyes remove the fire;
And, for all, give me in return
    One hour of desire...

From chaos, Lord, I came alive,
    My thirst to chaos goes;
And of repose once born, I strive
    To go back to repose!"

"Hyperion, you out of chasm
    Arise with worlds of grace:
Ask not for wonder or phantasm
    That has no name or face!

Căci unde-ajunge nu-i hotar,
    Nici ochi spre a cunoaşte,
Şi vremea-ncearcă în zadar
    Din goluri a se naşte.

Nu e nimic şi totuşi e
    O sete care-l soarbe,
E un adânc asemene
    Uitării celei oarbe.

— De greul negrei vecinicii,
    Părinte, mă dezleagă
Şi lăudat pe veci să fii
    Pe-a lumii scară-ntreagă;

O, cere-mi, Doamne, orice preţ
    Dar dă-mi o altă soarte,
Căci tu izvor eşti de vieţi
    Şi dătător de moarte;

Reia-mi al nemuririi nimb
    Şi focul din privire,
Şi pentru toate dă-mi în schimb
    O oră de iubire...

Din chaos, Doamne,-am apărut
    Şi m-aş întoarce-n chaos...
Şi din repaos m-am născut,
    Mi-e sete de repaos.

— Hyperion, ce din genuni
    Răsai c-o-ntreagă lume,
Nu cere semne şi minuni
    Care n-au chip şi nume;

To be a human is your call?
    A man – is that your mind?
Oh, let the humans perish all,
    Others would breed in kind.

Men only build to nothingness
    Vain dreams in noble guise;
When waves to silent tomb quiesce
    New waves again will rise.

Men merely live by stars of luck
    And star-crossed fatefulness;
We have no death to prove our pluck,
    Nor place or time possess.

From the eternal yesterday
    Today lives what will die;
Should sun from heavens once decay,
    New suns would light the sky

And seem to rise to endless morn
    While death in wait would lie –
For all die only to be born,
    And all are born to die!

But you, Hyperion, shall live
    Wherever you may set...
So ask me now the Word to give,
    That wisdom you can get?

Or, maybe... give you voice and bring
    Sweet music to your song,
So forests in the mountains sing
    And oceans hum along?

Tu vrei un om să te socoți
    Cu ei să te asameni?
Dar piară oamenii cu toți,
    S-ar naşte iarăşi oameni.

Ei numai doar durează-n vânt
    Deşerte idealuri -
Când valuri află un mormânt,
    Răsar în urmă valuri;

Ei doar au stele cu noroc
    Şi prigoniri de soarte,
Noi nu avem nici timp, nici loc
    Şi nu cunoaştem moarte.

Din sânul veciniculului ieri
    Trăieşte azi ce moare,
Un soare de s-ar stinge-n cer
    S-aprinde iarăşi soare;

Părând pe veci a răsări,
    Din urmă moartea-l paşte,
Căci toți se nasc spre a muri
    Şi mor spre a se naşte.

Iar tu, Hyperion, rămâi
    Oriunde ai apune...
Cere-mi cuvântul meu dentâi -
    Să-ți dau înțelepciune?

Vrei să dau glas acelei guri,
    Ca dup-a ei cântare
Să se ia munții cu păduri
    Şi insulele-n mare?

Justice, perhaps, you wish to make?
    Your strength with deeds to prove?
The earth in pieces I could break
    So you can kingdoms move!

I'll give you armies march in stride
    To steal the world its breath;
Long ships upon seas far and wide...
    But I won't give you death!

And who to die for, now behold:
    Of what awaits, beware!
Go back and watch that wand'ring mold,
    Pay heed to what lies there."

So to his place of yesteryear
    Hyperion arose –
And, as before, from destined sphere
    His beam now overflows;

For it is dusk, the evening light
    Has come the day to slake;
The moon appears in gentle white
    And quivers in the lake,

And sparkles fall, a shimmer bright
    On groves of wood unknown;
Under the linden trees at night,
    Two young ones sit alone:

"Dear love, oh, let me gently lean
    My brow upon your breast;
Under your rays of eyes serene
    All my deep yearning rest;

Vrei poate-n faptă să arăţi
    Dreptate şi tărie?
Ţi-aş da pământul în bucăţi
    Să-l faci împărăţie.

Îţi dau catarg lângă catarg,
    Oştiri spre a străbate
Pământu-n lung şi marea-n larg,
    Dar moartea nu se poate...

Şi pentru cine vrei să mori?
    Întoarce-te, te-ndreaptă
Spre-acel pământ rătăcitor
    Şi vezi ce te aşteaptă.

În locul lui menit din cer
    Hyperion se-ntoarse
Şi, ca şi-n ziua cea de ieri,
    Lumina şi-o revarsă.

Căci este sara-n asfinţit
    Şi noaptea o să-nceapă;
Răsare luna liniştit
    Şi tremurând din apă

Şi umple cu-ale ei scântei
    Cărările din crânguri.
Sub şirul lung de mândri tei
    Şedeau doi tineri singuri:

— O, lasă-mi capul meu pe sân,
    Iubito, să se culce
Sub raza ochiului senin
    Şi negrăit de dulce;

Bring to my thoughts the cold surcease
    And charm of starlight dust,
And softly pour eternal peace
    Into my night of lust.

Forever stay close and above,
    My heart from pain redeem –
For you're my first and only love,
    My last and only dream!"

Hyperion watched from on high
    The wonder in their face;
His eye had barely caught her eye,
    She caught him in embrace...

Sweet scented blossom fills the air
    And falls in silver rain
On lovers young, with golden hair,
    Lost in forsaken lane.

Rapt in sweet tender dreams of love,
    Her eyes lift to the sky;
She sees the Evening Star above
    And with new yearning sighs:

"Oh, gentle star, glide on a beam
    To be with me tonight;
Come to my room, make true my dream,
    My luck lead with your light!"

As time before, o'er dales and woods,
    He quivers 'mong the trees,
His light still guiding solitudes
    On ever-moving seas;

Cu farmecul luminii reci
      Gândirile străbate-mi,
Revarsă liniște de veci
      Pe noaptea mea de patimi.

Și de asupra mea rămâi
      Durerea mea de-o curmă,
Căci ești iubirea mea dentâi
      Și visul meu din urmă.

Hyperion vedea de sus
      Uimirea-n a lor față:
Abia un braț pe gât i-a pus
      Și ea l-a prins în brațe...

Miroase florile-argintii
      Și cad, o dulce ploaie,
Pe creștetele-a doi copii
      Cu plete lungi, bălaie.

Ea, îmbătată de amor,
      Ridică ochii. Vede
Luceafărul. Și-ncetișor
      Dorințele-i încrede:

— Cobori în jos, luceafăr blând,
      Alunecând pe-o rază,
Pătrunde-n codru și în gând,
      Norocu-mi luminează!

El tremură ca alte dăți
      În codri și pe dealuri,
Călăuzind singurătăți
      De mișcătoare valuri;

But would not fall again from sky
    To sea, as yester day:
"What do you care whether 'tis I
    Or other – face of clay!

In human sphere of narrow lore,
    May that your luck will hold –
As I remain for ever more
    In my eternal cold."

(1883)

Dar nu mai cade ca-n trecut
　　În mări din tot înaltul:
— Ce-ţi pasă ţie, chip de lut,
　　Dac-oi fi eu sau altul?

Trăind în cercul vostru strâmt
　　Norocul vă petrece,
Ci eu în lumea mea mă simt
　　Nemuritor şi rece.

(1883)

Over Treetops

Over treetops, white moon wanders,
    Forest boughs shake gentle leaf,
Sounds a horn with distant grief,
    Alders bow their heads in wonder.

Far away and ever farther,
    Softer still – its fading breath
Soothing with a dream of death
    My soul's unrelenting ardor.

Why from me your music sever
    When I turn to you forlorn –
Will you sound again sweet horn
    For my soul's enchantment, ever?

(1883)

Peste vârfuri

Peste vârfuri trece lună,
 Codru-şi bate frunza lin,
Dintre ramuri de arin
 Melancolic cornul sună.

Mai departe, mai departe,
 Mai încet, tot mai încet,
Sufletu-mi nemângâiet
 Îndulcind cu dor de moarte.

De ce taci, când fermecată
 Inima-mi spre tine-ntorn?
Mai suna-vei dulce corn,
 Pentru mine vreodată?

(1883)

Oh, Come to Me, Why Don't You Come?

See...? Autumn swallows fly away
    And walnuts shed their leaves astray,
The white frost over vines has run –
    Oh, come to me, why don't you come?

Oh, lean once more against my arm,
    And let my eyes feast on your charm,
My head seek sweet and peaceful rest
    Upon your breast, upon your breast...

Remember when we walked the trails
    Along the meadows, down the dales,
How oft I reached your lips to gain,
    Time and again, time and again?

Many a woman's eyes can glow
    With light to break the dark below...
But none can rise so high above
    As you, my love – as you, my love!

For you alone will make serene
    My soul, my life from pain redeem;
You glow among the stars apart,
    Love of my heart, love of my heart!

De ce nu-mi vii?

Vezi, rândunelele se duc,
    Se scutur frunzele de nuc,
S-aşează bruma peste vii –
    De ce nu-mi vii, de ce nu-mi vii?

O, vino iar în al meu braţ,
    Să te privesc cu mult nesaţ,
Să razim dulce capul meu,
    De sânul tău, de sânul tau!

Ţi-aduci aminte cum pe-atunci
    Când ne primblam prin văi şi lunci,
Te ridicam de subsuori
    De-atâtea ori, de-atâtea ori?

În lumea asta sunt femei
    Cu ochi ce izvorăsc scântei ...
Dar, oricât ele sunt de sus,
    Ca tine nu-s, ca tine nu-s!

Căci tu înseninezi mereu
    Viaţa sufletului meu,
Mai mîndră decât orice stea,
    Iubita mea, iubita mea!

Late autumn now has brought its sway,
        The leaves are falling by the way,
The barren fields are bleak and dun...
        Oh, come to me, why don't you come?

(1887)

Târzie toamnă e acum,
        Se scutur frunzele pe drum,
Și lanurile sunt pustii ...
        De ce nu-mi vii, de ce nu-mi vii?

(1887)

And if the Boughs...

If at the window tap the boughs
And poplars gently sway,
It is your image to arouse
And draw you near today.

And if the stars will tap the lake
To light its depths with beam,
It is my bosom pain to slake
And make my thoughts serene.

And if thick clouds will drift away,
The moonrise crystal clear,
It is your memory to stay
Forever with me here.

(1883)

Și dacă...

Şi dacă ramuri bat în geam
Şi se cutremur plopii,
E ca în minte să te am
Şi-ncet să te apropii.

Şi dacă stele bat în lac
Adâncu-i luminându-l,
E ca durerea mea s-o-mpac
Înseninându-mi gândul.

Şi dacă norii deşi se duc
De iese-n luciu luna,
E ca aminte să-mi aduc
De tine-ntotdeauna.

(1883)

If I Had Means...

If I had means
And wishes power
To make true my dreams
In yearning hour:

I'd be a mirror
Bright with desire
For holding close
Your frame entire;

I'd be a gold comb
Full of caresses
Painlessly stroking,
Smoothening tresses;

I'd be a soft breeze
Brushing to loosen
And tease your dress
In secret at bosom;

Sweet sleep of summer
I'd be for sealing
Your tender eyelids
Late every evening;

But I've no means
Nor wishes power
To make true my dreams
In yearning hour...

(1881)

De-ar fi mijloace

De-ar fi mijloace
Și-ar fi putință
Cum m-aș mai face
După dorință!

M-aș face-oglindă
Strălucitoare
Să te cuprindă
Pân' la picioare;

Pieptene de-aur
Ce-n mângâiere
Părul netează
Fără durere;

Un vânt m-aș face
Ce lin și-n taină
Pe piept desface
Ușoara haină.

Un somn m-aș face
Dulce de vară
Să-ti închiz ochii
În orice seară.

D-ar n-am mijloace
Nici e putință
De a mă face
După dorință.

(1881)

The Pairless Poplars

The pairless poplars swayed alone
    As oft I passed them slow,
With eyes of love – to neighbors known:
    You only wouldn't know.

By your lit window, many days
    For just a glimpse I'd stand…
Neighbors could see it in my gaze:
    You wouldn't understand.

How oft I'd wait your voice to hear,
    One word that you might say –
If I could only hold you near
    A day, a single day…

One hour's while, I prayed above,
    To love with lust and sigh,
Upon your lips to hang my love
    One hour, and then die –

And from your spell of serene eyes
    Gather a lonely ray:
A star you would have been, to rise,
    For coming time to stay,

Living for all eternity,
    Glowing apart, alone,
With your cold arms that seemed to me
    Carved in pale marble stone:

Pe lângă plopii fără soț...

Pe lângă plopii fără soț
    Adesea am trecut;
Mă cunoşteau vecinii toți –
    Tu nu m-ai cunoscut.

La geamul tău ce strălucea
    Privii atât de des;
O lume toată-nțelegea –
    Tu nu m-ai înțeles.

De câte ori am aşteptat
    O şoaptă de răspuns!
O zi din viață să-mi fi dat,
    O zi mi-era de-ajuns;

O oră să fi fost amici,
    Să ne iubim cu dor,
S-ascult de glasul gurii mici
    O oră, şi să mor.

Dându-mi din ochiul tău senin
    O rază dinadins,
În calea timpilor ce vin
    O stea s-ar fi aprins;

Ai fi trăit în veci de veci
    Şi rânduri de vieți,
Cu ale tale brațe reci
    Înmărmureai măreț,

A cherished idol, face divine,
　　And beauty without pair,
As from the tales of olden time
　　The maiden princess fair –

For that was love of heathen eyes
　　With heart humbled and pained,
That parents through the ages wise
　　To parents had ordained.

These days, with mind aloof, I tread
　　Seldom on poplars lane,
As now you sadly turn your head
　　Behind my steps, in vain;

And you no longer glow apart
　　In smile or dress or guise,
For now I look with distant heart
　　And cold and lifeless eyes.

Oh, sacred charm, if one lone spark
　　Had only touched your name…
You'd have been candle in the dark
　　For love's eternal flame.

(1883)

Un chip de-a pururi adorat
    Cum nu mai au perechi
Acele zâne ce străbat
    Din timpurile vechi.

Căci te iubeam cu ochi păgâni
    Şi plini de suferinţi,
Ce mi-i lăsară din bătrâni
    Părinţii din părinţi.

Azi nici măcar îmi pare rău
    Că trec cu mult mai rar,
Că cu tristeţă capul tău
    Se-ntoarce în zadar,

Căci azi le semeni tuturor
    La umblet şi la port,
Şi te privesc nepăsător
    C-un rece ochi de mort.

Tu trebuia să te cuprinzi
    De acel farmec sfânt,
Şi noaptea candelă s-aprinzi
    Iubirii pe pământ.

(1883)

First Epistle

When the evening candle flickers and lids drop with slumber sands,
Only time measures its passage by the clock's uneven hands,
For the moon flows past the curtains with her white voluptuous light,
Flooding rooms with untold feeling, tearing mem'ries from the night –
And eternities of suff'ring linger then beneath her beam,
Yet the pain that grips the bosom we believe is but a dream.

Moon, you mistress of the ocean, gliding on the heaven's dome,
You give life to thoughts uncommon and bedim the painful moan;
Thousand deserts turn aglitter in your gentle virgin glow,
Thousand forests hide in shadow the spring's bright and quiet flow;
Thousand faring sea waves murmur, bowing heads in quietude
As you reign above the ocean's vast, slow-moving solitude.
Many a flowered shore and garden, castle keep, city unknown
Turn enchanted to your passage and unfold to you alone:
Oh, so many curtained windows you have opened with your grace,
Looking thoughtfully at foreheads that look thoughtful at your face...

A king ponders the world's future for a century ahead,
While the pauper has to worry where he'll find tomorrow's bread;
Fate has dealt men ranks uneven, plights sprung from a diff'rent breath
Yet all serve two equal masters: your light and the ghost of death –
For in sharing flights of passion, they're enthralled with equal guile,
Be they powerful or weakling, genius or imbecile.

Scrisoarea întâi

Când cu gene ostenite sara suflu-n lumânare,
Doar ceasornicul urmează lung-a timpului cărare,
Căci perdelele-ntr-o parte când le dai, și în odaie
Luna varsă peste toate voluptoasa ei văpaie,
Ea din noaptea amintirii o vecie-ntreagă scoate
De dureri, pe care însă le simțim ca-n vis pe toate.

Lună tu, stăpân-a mării, pe a lumii boltă luneci
Și gândirilor dând viață, suferințele întuneci;
Mii pustiuri scânteiază sub lumina ta fecioară,
Și câți codri-ascund în umbră strălucire de izvoară!
Peste câte mii de valuri stăpânirea ta străbate,
Când plutești pe mișcătoarea mărilor singurătate!
Câte țărmuri înflorite, ce palate și cetăți,
Străbătute de-al tău farmec ție singură-ți arăți!
Și în câte mii de case lin pătruns-ai prin ferești,
Câte frunți pline de gânduri, gânditoare le privești!

Vezi pe-un rege ce-mpânzește globu-n planuri pe un veac,
Când la ziua cea de mâine abia cuget-un sărac...
Deși trepte osebite le-au ieșit din urna sorții,
Deopotrivă-i stăpânește raza ta și geniul morții;
La același șir de patimi deopotrivă fiind robi,
Fie slabi, fie puternici, fie genii ori neghiobi!

One lives life before the mirror, curling hair around his face,
While another spends a lifetime seeking truth in time and space:
Searching pages stiff and yellow, hoping wisdom crumbs to claim,
He fills tomes in lengthy order with his ephemeral gain.
Yet another, from his counter, plans the whole world to divide
As his dark seafaring vessels carry gold on oceans wide.

There, alone, an aged teacher chases his unending quest:
Minding not his coat's thin elbows, never gives his mind a rest;
With hands shiv'ring he now buttons close the tunic torn and old,
Presses in his ears some cotton, turns the collar up with cold…
He looks hollow, bent, and broken, man of little consequence;
Yet the universe unbound is 'round the fingers of his hands –
For behind that dreaming forehead, past and future he can bring,
And eternity's deep darkness he unravels string by string:
Just as Atlas, who could shoulder Heaven's arc in days of old,
Both this world and time eternal in one number he can hold.

As the moon is glimm'ring over books in wisdom-laden stack,
His thoughts race through endless ages, and this vision takes him back
To the time of all beginning, to the time when all was still,
With no being or non-being, when there was no life or will –
To the time when naught was hidden, but when all was hidden yet,
And the mystery unbroken in itself was calmly set.
Was there an abyss? A chasm? Only water's vast expanse?
There was a world without meaning, no mind turning it to sense;
Nothing but a sea of darkness with no ray of light to glow,
Nothing that appears to vision, nor an eye to see and know –

Unul caută-n oglindă de-și buclează al său păr,
Altul caută în lume și în vreme adevăr,
De pe galbenele file el adună mii de coji,
A lor nume trecătoare le însamnă pe răboj;
Iară altu-mparte lumea de pe scândura tărăbii,
Socotind cât aur marea poartă-n negrele-i corăbii.

Iar colo bătrânul dascăl, cu-a lui haină roasă-n coate,
Într-un calcul fără capăt tot socoate și socoate
Și de frig la piept și-ncheie tremurând halatul vechi,
Își înfundă gâtu-n guler și bumbacul în urechi;
Uscățiv așa cum este, gârbovit și de nimic,
Universul fără margini e în degetul lui mic,
Căci sub fruntea-i viitorul și trecutul se încheagă,
Noaptea-adânc-a veciniciei el în șiruri o dezleagă;
Precum Atlas în vechime sprijinea cerul pe umăr
Așa el sprijină lumea și vecia într-un număr.

Pe când luna strălucește peste-a tomurilor bracuri,
Într-o clipă-l poartă gândul îndărăt cu mii de veacuri,
La-nceput, pe când ființă nu era, nici neființă,
Pe când totul era lipsă de viață și voință,
Când nu s-ascundea nimica, deși tot era ascuns...
Când pătruns de sine însuși odihnea cel nepătruns.
Fu prăpastie? genune? Fu noian întins de apă?
N-a fost lume pricepută și nici minte s-o priceapă,
Căci era un întuneric ca o mare făr-o rază,
Dar nici de văzut nu fuse și nici ochi care s-o vază.

For the shadow of things future had not started to unfold,
And content with merely being, peace eternal held firm hold.

But, behold, a point starts moving, the primeval only one,
And a mother makes from chaos, while the Father has become:
This primeval point in motion, frail as foam on oceans hurled,
Is the lord of boundless bound'ries o'er the bound'ries of the world.
Since that moment, dark eternal shred by shred became undone –
All the universe has risen, elements, the moon, the sun...
Colonies of worlds forsaken have been born and have been thrown
From the valleys of dark chaos toward light on paths unknown;
Bright swarms, springing and unfolding from the infinite, have drowned
All attracted into being by some yearning without bound.

And we, on a tiny planet, in a universe so vast,
Build, like children, little anthills, and expect them all to last;
Microscopic people – soldiers, scholars, emperors or fools –
We succeed the generations and believe we're wonderful!
One-day flies on little mud balls that are measured by the foot,
We revolve within that vastness, self-content in vain pursuit,
And forget the world entire is but one suspended wink –
That ahead of us, behind us, darkness hovers at the brink.
Just as dust in playful dancing to a beam of light will rise,
And the specks of purple powder disappear with its demise,
We now have the life of seconds parting night's eternal hold,
For the single ray, the instant, is what lets our world unfold!
If it perishes, like shadows in the dark will fade its breath,
For this universe chimeric is naught but a dream of death.

Umbra celor nefăcute nu-ncepuse-a se desface,
Și în sine împăcată stăpânea eterna pace!...

Dar deodat-un punct se mișcă... cel întâi și singur. Iată-l
Cum din chaos face mumă, iară el devine Tatăl!...
Punctu-acela de mișcare, mult mai slab ca boaba spumii,
E stăpânul fără margini peste marginile lumii...
De-atunci negura eternă se desface în fâșii,
De atunci răsare lumea, lună, soare și stihii...
De atunci și până astăzi colonii de lumi pierdute
Vin din sure văi de chaos pe cărări necunoscute
Și în roiuri luminoase izvorând din infinit,
Sunt atrase în viață de un dor nemărginit.

Iar în lumea asta mare, noi copii ai lumii mici,
Facem pe pământul nostru mușunoaie de furnici;
Microscopice popoare, regi, oșteni și învățați
Ne succedem generații și ne credem minunați;
Muști de-o zi pe-o lume mică de se măsură cu cotul,
În acea nemărginire ne-nvârtim uitând cu totul
Cum că lumea asta-ntreagă e o clipă suspendată,
Că-ndărătu-i și-nainte-i întuneric se arată.
Precum pulberea se joacă în imperiul unei raze,
Mii de fire viorie ce cu raza încetează,
Astfel, într-a veciniciei noapte pururea adâncă,
Avem clipa, avem raza, care tot mai ține încă...
Cum s-o stinge, totul piere, ca o umbră-n întuneric,
Căci e vis al neființei universul cel himeric...

But the thinker in the present cannot put his mind to rest;
His thoughts in an instant travel thousand centuries abreast,
When the sun, today so mighty, has turned red and sad with rust,
Like a bleeding wound that closes among darkened clouds of dust –
When the planets are all frozen and, rebellious, drift through space
Freed from light's restraining bound'ries and the reigning sun's embrace
In the depths of its foundation the world's roof is warped and dun,
And like withered leaves of autumn, all the stars are dead and gone.
Time, extinct, stretching its body, everlasting has become –
Nothing happens in this desert vast and desolate and numb;
There's a calm night of non-being, all has fallen, sounds all cease,
For now with itself contented, again reigns eternal peace.

On the varied human ladder, starting at the lowest rung,
Rising to that lofty summit where the royal crowns are hung,
Each is saddled with one riddle: what his own life holds in store –
Who can tell if one's more wretched, who's more blessed or suffers more
In all living one urge only rules the fate of every man:
To rise high above the others and command them if he can –
While those keeping to the shadows lose themselves for humble heart,
Much as ocean's foam in secret lies unseen and breaks apart.
To blind fate why would it matter how they think or will or strive:
Like a cold wind over sea waves, fate cares not for human lives.

Let the writers throw him laurels; let the world bow to his fame!
It won't matter to the teacher – from such praise what's there to gain?
Some will say he'll be… immortal. After all, can we not see
That he clings to one idea like the ivy to a tree?

În prezent cugetătorul nu-și oprește a sa minte,
Ci-ntr-o clipă gându-l duce mii de veacuri înainte;
Soarele, ce azi e mândru, el îl vede trist și roș
Cum se-nchide ca o rană printre nori întunecoși,
Cum planeții toți înghează și s-azvârl rebeli în spaț'
Ei, din frânele luminii și ai soarelui scăpați;
Iar catapeteasma lumii în adânc s-au înnegrit,
Ca și frunzele de toamnă toate stelele-au pierit;
Timpul mort și-ntinde trupul și devine vecinicie,
Căci nimic nu se întâmplă în întinderea pustie,
Și în noaptea neființii totul cade, totul tace,
Căci în sine împăcată reîncep-eterna pace...

Începând la talpa însăși a mulțimii omenești
Și suind în susul scării pân' la frunțile crăiești,
De a vieții lor enigmă îi vedem pe toți munciți,
Făr-a ști să spunem care ar fi mai nenorociți...
Unul e în toți, tot astfel precum una e în toate,
De asupra tuturora se ridică cine poate,
Pe când alții stând în umbră și cu inima smerită
Neștiuți se pierd în taină ca și spuma nezărită –
Ce-o să-i pese soartei oarbe ce vor ei sau ce gândesc?...
Ca și vântu-n valuri trece peste traiul omenesc.

Fericească-l scriitorii, toată lumea recunoască-l...
Ce-o să aibă din acestea pentru el, bătrânul dascăl?
Nemurire, se va zice. Este drept că viața-ntreagă,
Ca și iedera de-un arbor, de-o idee i se leagă.

"When I die," he might be thinking, "with my writings duly penned,
Word of mouth my name will heighten to live centuries on end;
And then, everywhere, forever, in the corner of some brain,
When my writings find a shelter, they'll perpetuate my name."

Oh, poor man, can you remember all the beauty life has shown,
All to which you ever listened, all the words you spoke alone?
Only little! Here… an image, there… a figment you once had,
Or the shadow of a concept scribbled on some paper pad.
And if even you can't master your own life's details by rote,
You expect others will bother to glean them from what you wrote?
Well… perhaps a pedant scholar, in a century or two,
Sifting through decaying volumes – he himself a relic, too –
The correctness of your language may then measure on his scale;
He will wipe what dust your volumes raised to turn his glasses pale,
And will set you in a sentence, two rows from a distant age,
As you'll end a meager footnote on a useless foolish page.

You can build a world entire, you can shatter all its worth –
In the end, it will be covered with a shovel full of earth.
Arms that reached for crowns of kingdoms, thoughts that for a moment
All the universe's bound'ries, four planks equally will fit.
They will follow close your coffin at a sad and solemn pace –
Splendid trail, like mute derision on a long-indiff'rent face.
To conclude, with pomp, a midget will speak to the circumstance,
Not at all to pay you homage, but his luster to advance
On the wings of your name's shadow… This is all you can expect,
For succeeding generations will do more to twist the facts!

„De-oi muri - îşi zice-n sine - al meu nume o să-l poarte
Secolii din gură-n gură şi l-or duce mai departe,
De a pururi, pretutindeni, în ungherul unori crieri
Şi-or găsi, cu al meu nume, adăpost a mele scrieri!"

O, sărmane! ţii tu minte câte-n lume-ai auzit,
Ce-ţi trecu pe dinainte, câte singur ai vorbit?
Prea puţin. De ici, de colo de imagine-o făşie,
Vre o umbră de gândire, ori un petec de hârtie;
Şi când propria ta viaţă singur n-o ştii pe de rost,
O să-şi bată alţii capul s-o pătrunză cum a fost?
Poate vrun pedant cu ochii cei verzui, peste un veac,
Printre tomuri brăcuite aşezat şi el, un brac,
Aticismul limbii tale o să-l pună la cântari,
Colbul ridicat din carte-ţi l-o sufla din ochelari
Şi te-o strânge-n două şiruri, aşezându-te la coadă,
În vro notă prizărită sub o pagină neroadă.

Poţi zidi o lume-ntreagă, poţi s-o sfarămi... orice-ai spune,
Peste toate o lopată de ţărână se depune.
Mâna care-au dorit sceptrul universului şi gânduri
Ce-au cuprins tot universul încap bine-n patru scânduri...
Or să vie pe-a ta urmă în convoi de-nmormântare,
Splendid ca o ironie cu priviri nepăsătoare...
Iar deasupra tuturora va vorbi vrun mititel,
Nu slăvindu-te pe tine... lustruindu-se pe el
Sub a numelui tău umbră. Iată tot ce te aşteaptă.
Ba să vezi... posteritatea este încă şi mai dreaptă.

You think those who fail your wisdom would admire you instead?
They'll applaud, of course, full hearted, some biographer who said
You were not quite that important – a mere mortal, he might say,
So that everyone be flattered you were not much more than they.
Each will flare his haughty nostrils with importance and feigned mirth
When in academic circles he debates upon the worth
Of your life's work: he'll sing praises, elevate your rightful place,
For it was agreed among them, with a smirk on every face,
To laud you with words. Some other will then speak to serve his ends,
Saying it is "ill" or "evil" what he barely comprehends.
Above all, they will be seeking hidden flaws within your life,
Some mischief, a tiny blemish, how for quarrels you were rife –
For this draws you so much closer to their lot. Not that you built
Universes overflowing with pure light, but sin and guilt.
All that is in man inherent to the flesh, weakness that may
Fatally be common evil to the mortal mold of clay,
Little miseries that visit a tormented soul, they'll find
Infinitely more appealing than the treasures of your mind.

Full moon wanders over tree boughs and the blossom gently falls
As her light sheds haunting splendor, overflowing solemn walls;
From the deepest night of mem'ry thousand yearnings she will gain,
While we feel it's only dreaming, and the dreaming numbs their pain;
For an inner gate she opens, and a secret world will rise
With its thousand wand'ring shadows when the evening candle dies…

Neputând să te ajungă, crezi c-or vrea să te admire?
Ei vor aplauda desigur biografia subțire
Care s-o-ncerca s-arate că n-ai fost vrun lucru mare,
C-ai fost om cum sunt și dânșii... Măgulit e fiecare
Că n-ai fost mai mult ca dânsul. Și prostatecele nări
Și le umflă orișicine în savante adunări
Când de tine se vorbește. S-a-nțeles de mai nainte
C-o ironică grimasă să te laude-n cuvinte.
Astfel încăput pe mâna a oricărui, te va drege,
Rele-or zice că sunt toate câte nu vor înțelege...
Dar afară de acestea, vor căta vieții tale
Să-i găsească pete multe, răutăți și mici scandale –
Astea toate te apropie de dânșii... Nu lumina
Ce în lume-ai revărsat-o, ci păcatele și vina,
Oboseala, slăbiciunea, toate relele ce sunt
Într-un mod fatal legate de o mână de pământ;
Toate micile mizerii unui suflet chinuit
Mult mai mult îi vor atrage decât tot ce ai gândit.

Între ziduri, printre arbori ce se scutură de floare,
Cum revarsă luna plină liniștita ei splendoare!
Și din noaptea amintirii mii de doruri ea ne scoate;
Amorțită li-i durerea, le simțim ca-n vis pe toate,
Căci în propria-ne lume ea deschide poarta-ntrării
Și ridică mii de umbre după stinsul lumânării...

Thousand deserts turn aglitter in your gentle virgin glow,
Thousand forests hide in shadow the spring's bright and quiet flow;
Thousand faring sea waves murmur, bowing heads in quietude
As you reign above the ocean's vast, slow-moving solitude...
And the living are all subject to fate's unrelenting breath,
And obey two equal masters: your light and the ghost of death!

(1881)

Mii pustiuri scânteiază sub lumina ta fecioară,
Și câți codri-ascund în umbră strălucire de izvoară!
Peste câte mii de valuri stăpânirea ta străbate,
Când plutești pe mișcătoarea mărilor singurătate,
Și pe toți ce-n astă lume sunt supuși puterii sorții
Deopotrivă-i stăpânește raza ta și geniul morții!

(1881)

How Sad a Soul

How sad a soul though ages long
Parents from parents bring,
That it alone can hold within
Such pain and suffering?

What sad and pointless soul was made
Of clay inert and frail,
That after failures and deceits
Still hopes to no avail!

Why does it never feel accursed
To suffer pains anew?
Oh, silent waves of sacred seas,
Take me along with you!

(1880)

Ce suflet trist

Ce suflet trist mi-au dăruit
Părinții din părinți,
De-au încăput numai în el
Atâtea suferiți?

Ce suflet trist și făr' de rost
Și din ce lut inert,
Ca dup-atâtea amăgiri
Mai speră în deșert?

Cum nu se simte blestemat
De-a duce-n veci nevoi?
O, valuri ale sfintei mări,
Luați-mă cu voi!.

(1880)

Years Have Gone By...

Years have gone by like long clouds over dales
And there will be no others as before –
For lost is the enchantment of the lore
Of songs and legends, myths and fairytales

That made serene those childhood days of yore,
Laden with wisdom for me to unveil –
Their shadows haunt me now to no avail,
The sacred twilight hour thrills no more...

How much I'd give to bring from yesteryear
The wistful sounds enchanting once my soul!
In vain I strum the lyre to make it spark,

For all is buried in that youthful sphere
And muted the sweet voice from days of old –
Time grows behind me now... and I grow dark.

(1883)

Trecut-au anii...

Trecut-au anii ca nori lungi pe șesuri
Și niciodată n-or să vie iară,
Căci nu mă-ncântă azi cum mă mișcară
Povești și doine, ghicitori, eresuri,

Ce fruntea-mi de copil o-nseninară,
Abia-nțelese, pline de-nțelesuri -
Cu-a tale umbre azi în van mă-mpresuri,
O, ceas al tainei, asfințit de sară.

Să smulg un sunet din trecutul vieții,
Să fac, o, suflet, ca din nou să tremuri
Cu mâna mea în van pe liră lunec;

Pierdut e totu-n zarea tinereții
Și mută-i gura dulce-a altor vremuri,
Iar timpul crește-n urma mea... mă-ntunec!

(1883)

A Sad Enchantment and Obscure

A sad enchantment and obscure
        Has kept my strength in thrall,
And I pursued its lifelong lure
        To no avail at all.

It is a star of quietude
        From dark oblivion crowned
That brings to seas of solitude
        Horizons without bound.

It glows with ever pallid veil
        That oceans long to slake
When cold waves toward the star set sail,
        Wayfaring sweep to take.

Oh, secret prayers oft I prayed
        And heaving sighs I sighed,
Hot tears at day and night I shed –
        Pleading with it I tried:

"Please take away this love untold
        And ease my yearning pain."
But it rose higher to behold
        Where I could never gain.

Unknown, it will remain above
        In worlds apart to glow –
Since time remote, candle to love
        Forsaken long ago.

Un farmec trist și nențeles

Un farmec trist şi nenţeles
    Puterea mea o leagă,
Şi cu nimic nu m-am ales
    Din viaţa mea întreagă.

E un luceafăr răsărit
    Din negura uitării,
Dând orizon nemărginit
    Singurătăţii mării.

Îngălbenit rămâne-n veci
    Şi-i e aproape stinsul,
Când ale apei valuri reci
    Călătoresc cu dânsul.

Cu-atâtea tainici rugăminţi,
    Cu-atâtea calde şoapte,
Cu-atâtea lacrime fierbinţi,
    Vărsate zi şi noapte,

I te-ai rugat: dorul nespus
    Din suflet să-ţi alunge,
Dar el se-nalţă tot mai sus
    Ca să nu-l poţi ajunge.

Va rămânea necunoscut
    Şi va luci departe
Căci luminează din trecut
    Iubirii celei moarte.

And it will climb deserts of sea
　　To set on wastes of land:
Charm monotone defeating me
　　Ere I could understand.

(Posthumous poem)

Şi se aprinde pe-orizon
    Pustiu de mări şi stepe
Şi a lui farmec monoton
    M-a-nvins făr-a-l pricepe.

(Poem postum)

With Yearning Last I Sigh

With yearning last I sigh
    Alone by the sea,
    In quiet dusk to lie
And die from all free;
Where gentle is my dream
    The forests are near,
    The deep waters clear
Beneath a sky serene;
I wish for no grave,
    Rich coffin for the dead –
    Just weave for me a bed
Of tender reeds that wave.

Weep not for me behind
    Or speak words of choice –
    Let autumn leaves unwind
In fall's withered voice;
Let brooks over rocks ride
    And murmur lone tune
    While the rising moon
O'er pointed firs will glide;
Let soft cowbells pine,
    Cold winds the evening plow
    And from the linden bough
Shed blossom divine.

Mai am un singur dor

Mai am un singur dor
    În liniștea serii
    Să mă lăsați să mor
La marginea mării;
Să-mi fie somnul lin
    Și codrul aproape,
    Pe-ntinsele ape
Să am un cer senin.
Nu-mi trebuie flamuri,
    Nu voi sicriu bogat,
    Ci-mi împletiți un pat
Din tinere ramuri.

Și nime-n urma mea
    Nu-mi plângă la creștet,
    Doar toamna glas să dea
Frunzișului veșted.
Pe când cu zgomot cad
    Isvoarele-ntr-una,
    Alunece luna
Prin vârfuri lungi de brad.
Pătrunză talanga
    Al serii rece vânt,
    Deasupră-mi teiul sfânt,
Să-și scuture creanga.

In time's eternal hold
    Let age on me grow,
    And memories of old
Fall slow in sweet snow;
The stars that glow their smile
    Through shadowy pine
    As old friends of mine
Will linger here awhile;
With their fervent moan
    Will waves sing songs of lust –
    As I'll be silent dust
And I'll be alone…

(1883)

Cum n-oi mai fi pribeag
  De-atunci înainte,
  M-or troieni cu drag
Aduceri aminte.
Luceferi, ce răsar
  Din umbră de cetini,
  Fiindu-mi prietini,
O să-mi zâmbească iar.
Va geme de patemi
  Al mării aspru cânt...
  Ci eu voi fi pământ
În singurătate-mi.

(1883)

Adrian George Sahlean

Born in Romania, and a U.S. citizen since 1991, Mr. Sahlean holds Master's Degrees in English & Spanish philology (Bucharest, 1975), psychoanalysis (Boston, 1995), and is a certified clinical psychoanalyst (2002).

Mr. Sahlean is the author of literary translations of poetry, short stories, memoirs, plays, fairytales and children's books. His meter-and-rhyme English renditions from the Romanian national poet Mihai Eminescu (1850-1889) earned several international awards, including the UNESCO Gold Prize (2000), the LiterArt XXI Grand Prize (2002), and the National Center for Eminescu Studies Award for Translation (2016).

In 2015, his volume of essays on literary translation, *Migalosul Cronogfag (The Painstaking Chronophage)*, won the *Book-of-the-Year* award from the Romanian Writers Union.

The theatrical production of *The Legend of the Evening Star*, based on his translation of Eminescu's masterpiece Luceafărul, was twice staged off-Broadway in 2005 and 2008. Over the last decade, Mr. Sahlean performed poetry recitals of his translations in several U.S. and Canadian cities.

Mr. Sahlean is the co-founder and president of Global Arts (2004) (www.globalartsnpo.org), a non-profit organization promoting Romanian literature, art and music to the American public. He is a member of the Romanian Writers Union, American Literary Translators Association, American Romanian Academy, and Society of Modern Psychoanalysts. He lives outside Boston, MA.

Născut în România şi naturalizat în SUA (1991), dl. Sahlean deţine diploma de Master's în filologie (engleză şi spaniolă, 1975), Master's în psihanaliză (1995), precum şi certificarea clinică de psihanalist (echivalenţă doctorat) (2002).

Volumele traduse în engleză includ poezie, povestiri, poveşti, teatru şi memorialistică; tălmăcirile prozodice din Mihai Eminescu (1850-1889) i-au adus premii internaţionale şi printre care Medalia de Aur UNESCO (2000), marele premiu LiterArt XXI (2002 şi Premiul pentru Traduceri al Centrului Naţional de Studii Eminesciene (2016).

În 2015, volumului de eseuri despre traducerea literară *Migălosul Cronogfag* i s-a decernat premiul *Cartea Anului* din partea Uniunii Scriitorilor din România.

Traducerea Luceafărului (*'The Legend of the Evening Star'*) fost pusă în scenă off-Broadway (New York) în 2005 şi, din nou, în 2008. În ultimul deceniu, dl. Sahlean a susţinut recitaluri de poezie cu traducerile sale în numeroase oraşe din SUA şi Canada.

Dl. Sahlean este fondator şi presedinte al organizatiei non-profit Global Arts Inc. (2004) (www.globalartsnpo.org), organizaţie ce promovează activ literatura, arta şi muzica romanească în SUA. Este membru al Uniunii Scriitorilor din Romania, Asociaţiei Americane a Traducătorilor Literari, Academiei Americano-Romane, şi Societăţii Americane de Psihanaliză Modernă. Locuieşte la Boston.